Deutsch

完全自學手冊

德語 30 音

許曉娟————著
Alexandra Hsu

晨星出版

自序

曾經，我也是一位學語言遇挫折就放棄的學生。

如果再讓我選擇，我一定要找到適合自己的學習方法，來面對學習語言的困難。

隨著高中第二外語的推廣，慢慢地越來越多人接觸了這神祕的歐洲語言。很多人都說：「學德語超難！」的確，德語是真的有難度！這幾年在教學過程中時常遇到學生在剛開始學習德語的階段，遇到發音的關卡而感到挫折，有的人甚至因此放棄了學習。

德語其實是很迷人的！發音其實是很有規則的，只要練習足夠，了解規則的小技巧，距離「開口說德語」的路其實並不遙遠。

　　不過在課堂中每次看見學生因學習新的語言而受挫，又不希望他們總是放棄，於是提供許多不同的學習方法，想辦法讓學生再度喜歡上這個艱深又迷人的語言。經過了不斷的嘗試，剛好發現可以用台灣學生習慣的注音符號來記憶德語發音的規則，多次測試之後證實對大多數人是有用的，於是研發了這一套學習方法。

　　學習語言不只在於死讀文法、會話、發音，而是要找到適合自己的學習方法。面對學習新語言的挑戰，堅持每天練習說，告訴自己看到德文字不要害怕，見到它的時候試著關注它、理解它，嘗試將它說出來。經過持之以恆的練習，相信你會慢慢地找到語感，沉醉於這令人又愛又恨的德語！

目次

Qq *084* Rr *088* Ss *092* Tt *096*

Uu *100* Vv *104* Ww *108* Xx *112*

Yy *116* Zz *120* ß *124* Ää *128*

Öö *132* Üü *136*

常用字彙與生活用語

音檔使用說明

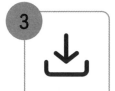

① 手機收聽

1. 有音檔的頁面，偶數頁（例如第 30 頁）下方附有 MP3 QR Code ◄‥
2. 用 APP 掃描就可立即收聽該跨頁（第 30 頁和第 31 頁）的真人朗讀，掃描第 32 頁的 QR 則可收聽第 32 頁和第 33 頁……

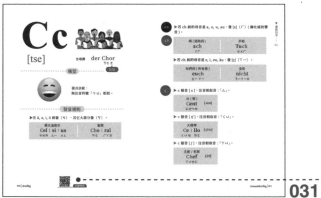

030   **031**

② 電腦收聽、下載

1. 手動輸入網址＋偶數頁頁碼即可收聽該跨頁音檔，按右鍵則可另存新檔下載
   https://video.morningstar.com.tw/0170031/audio/**030**.mp3
2. 如想收聽、下載不同跨頁的音檔，請修改網址後面的偶數頁頁碼即可，例如：
   https://video.morningstar.com.tw/0170031/audio/**032**.mp3
   https://video.morningstar.com.tw/0170031/audio/**034**.mp3
   依此類推……
3. 建議使用瀏覽器：Google Chrome、Firefox

③ 全書音檔大補帖下載（請使用電腦操作）

1. 尋找密碼：請翻到本書第 108 頁，找出本單元 Ww 代表單字的中文解釋。
2. 進入網站：https://reurl.cc/Y8qGbX（輸入時請注意英文大小寫）
3. 填寫表單：依照指示填寫基本資料與下載密碼。E-mail 請務必正確填寫，萬一連結失效才能寄發資料給您！
4. 一鍵下載：送出表單後點選連結網址，即可下載。

關於德國

- 德國小檔案
- 聯邦地圖
- 聯邦簡介

德國
▶Deutschland

現任總統	法蘭克・華特・史坦麥爾 （Frank-Walter Steinmeier）
現任總理	奧拉夫・蕭茲（Olaf Scholz）
全名	德意志聯邦共和國 （Bundesrepublik Deutschland）
首都	柏林（Berlin）
面積	357,588 平方公里
人口數	8,324 萬人（2020 年）
主要語言	德語（Deutsch）
主要氣候	溫帶海洋性氣候 （Gemäßigtes Meeresklima）
使用貨幣	€ 歐元（Euro）
電壓	220V
行政區域	16 個聯邦 （獨立城邦：漢堡、布萊梅、柏林）
國際區號	+49
最高山脈	楚格峰（Zugspitz）2,962 公尺
德語區國家	德 - 奧 - 瑞（D-A-CH）

◎ D、A、CH 三組字母分別代表德國（德文：Deutschland）、奧地利（拉丁文：Austria）、瑞士（拉丁文：Confoederatio Helvetica）首字母的縮寫。

聯邦
地圖

Kiel
SCHLESWIG-
HOLSTEIN

MECKLENBURG-
VORPOMMERN

HAMBURG
Hamburg

Schwerin

Bremen
BREMEN

NIEDERSACHSEN

Berlin
Potsdam BERLIN

Hannover

Magdeburg

BRANDENBURG

SACHSEN-
ANHALT

NORDRHEIN-
WESTFALEN

Düsseldorf

Erfurt

SACHSEN

Dresden

HESSEN

THÜRINGEN

RHEINLAND-
PFALZ

Wiesbaden

Mainz

Saarbrücken
SAARLAND

Stuttgart

BAYERN

BADEN-
WÜRTTEMBERG

München

聯邦簡介

柏林 Berlin

★德國首都，第一大城市
★冷戰時期分爲東柏林以及西柏林

布萊梅 Bremen

★德國最小的聯邦
★童話之路的終點——
　　〈格林童話：布萊梅樂隊〉

漢堡 Hamburg

★德國第二大城市
★漢堡港被稱作是
　　「德國通往世界的大門」

巴登 - 符騰堡
Baden-Württemberg

★首府：司徒加特 Stuttgart
★德國人口以及面積爲第三大邦

聆聽發音

巴伐利亞 Bayern

★首府：慕尼黑 München
★德國面積第一大邦

布蘭登堡 Brandenburg

★首府：波茲坦 Potsdam
★忘憂宮與公園爲德國境內最大世界遺產

黑森 Hessen

★首府：威斯巴登 Wiesbaden
★邦內第一大城市：法蘭克福 Frankfurt

梅克倫堡 - 西波美拉尼亞 Mecklenburg-Vorpommern

★首府：施威林 Schwerin
★邦內有一座「綠根島 Rügen」爲德國最大島嶼

下薩克森 Niedersachsen

★首府：漢諾威 Hannover
★德國第二大邦

北萊茵 - 西發利亞
Nordrhein-Westfalen

★首府：杜塞道夫 Düsseldorf
★杜塞道夫是 19 世紀德國詩人海因里希‧海涅
　（Christian Johann Heinrich Heine） 的
　出生地

萊茵蘭 - 普法爾茨
Rheinland-Pfalz

★首府：美茵茲 Mainz
★德國第一條旅遊路線「德國葡萄酒之路
　（Deutsche Weinstraße）所在地，全長
　85 公里

薩爾蘭 Saarland

★首府：薩爾布魯根 Saarbrücken
★德國最小的非城邦

聆聽發音

薩克森 Sachsen

★首府：德勒斯登 Dresden
★薩克森小瑞士國家公園，與捷克境內的
波西米亞瑞士共同組成易北砂岩山脈

薩克森 - 安哈特
Sachsen-Anhalt

★首府：馬德堡 Magdenurg
★路德城威登堡 Lutherstadt
Wittenberg 是「德意志宗教改革」
的起點

什列斯威 - 好斯敦
Schleswig-Holstein

★首府：基爾 Kiel
★德國非城邦中第二小

圖林根 Thüringen

★首府：艾福特 Erfurt
★艾福特被譽為「花之城」

德語 30 音

- 德語字母
- 發音規則

▶ Das Deutsche Alphabet

Aa Bb Cc Dd Ee Ff Gg Hh
Ii Jj Kk Ll Mm Nn Oo Pp
Qq Rr Ss Tt Uu Vv Ww Xx
Yy Zz ß Ää Öö Üü

聆聽發音

發音規則 ▶ Aussprache

子音				
大寫	小寫	音標		單字
B	b	〔ㄅ〕	[b]	Banane, Bruder
		〔ㄆ〕	[p]	Staub, Raub
C	c	〔ㄎ〕	[k]	Computer, Clown
		〔ㄘ〕	[ts]	circa
		〔ㄙ〕	[s]	Cent
		〔ㄑㄩ〕	[tʃ]	Cello, Chip
D	d	〔ㄉ〕	[d]	denken, Bude
		〔ㄊ〕	[t]	Hund, mild
F	f	〔ㄈ〕無聲	[f]	fett, Affe
G	g	〔ㄍ〕	[g]	gut, Flagge
		字尾發〔ㄎ〕	[k]	Montag, Flug
H	h	〔ㄏ〕	[h]	haben, Haus
		〔 〕	[ ]	母音後的 h 不發音 wohnen, gehen
J	j	〔一〕	[i]	Joga, ja, Soja
K	k	〔ㄎ〕	[k]	Kind, Anker
L	l	〔ㄌ〕	[l]	leben, Glas, alle

M	m	〔ㄇ〕	[m]	Morgen, Amt, kommen
N	n	〔ㄋ〕	[n]	Name, Plan, kennen
P	p	〔ㄆ〕	[p]	Pedal, Kapital, Gruppe
Q	q	〔ㄎ〕	[k]	Quer, Qualität
R	r	〔ㄏ〕 小舌顫音	[ʀ]	rot, Recht, bringen
		〔ㄏ〕輕聲	[h]	Narren, Dürre, warten
		〔ㄚ〕	[a]	Kinder
S	s	〔ㄗ〕	[z]	Sommer, Sohn
		〔ㄙ〕	[s]	Slawe, essen
T	t	〔ㄊ〕	[t]	Monate, Hut, Mutter
V	v	〔ㄈ〕	[v]	Vampir
				嘴型發出聲 Vater, Vogel
W	w			嘴型發出聲 Wand, wer, Slawe
X	x	〔ㄎㄙ〕	[ks]	Taxi, Hexe
Y	y	〔一〕	[i]	Yoga
		〔ㄩ〕	[y]	Typ, Lyrik, Analyse
Z	z	〔ㄘ〕	[ts]	zu, Zeit, Herz
	ß	〔ㄙ〕	[s]	heißen, groß, maßlos
	bl	〔ㄅㄌ〕	[bl]	blau, Blut
	br	〔ㄅㄏ〕	[bʀ]	breit, bringen

聆聽發音

-ch	〔ㄏ〕	[x]	母音 a/o/u 在 ch 前 Tuch, lachen
	〔ㄒㄧ〕	[ç]	母音 i/e 在 ch 前 ich, Milch, echt
chs	〔ㄎㄙ〕	[ks]	sechs, Fuchs
ck	〔ㄎ〕	[k]	Zucker, backen
dt	〔ㄊ〕	[t]	verwandt, Stadt
dr	〔ㄉㄏ〕	[dʀ]	drei, drücken
fl	〔ㄈㄌ〕	[fl]	Flug, fliegen
fr	〔ㄈㄏ〕	[fʀ]	Frau, fragen
gl	〔ㄍㄌ〕	[gl]	glauben, Glas
gr	〔ㄍㄏ〕	[gʀ]	Gras, groß
-ieren	〔ㄧㄜㄏㄣ〕	[iəʀən]	fotografieren, studieren
-ig	〔ㄧ〕〔ㄒㄧ〕	[iç]	billig, fertig
kl	〔ㄎㄌ〕	[kl]	Klasse, klug
kn-	〔ㄎㄋ〕	[kn]	Knie, knapp
kr-	〔ㄎㄏ〕	[kʀ]	Krebs, Kreuzung
ng	〔ㄥ〕	[ŋ]	Engel, lange
nk	〔ㄣㄎ〕	[nk]	Enkel, Bank
ung	〔ㄨㄥ〕	[ʊŋ]	Junge
pf	〔ㄆㄈ〕	[pf]	Pfau, Kopf
ph	〔ㄈ〕	[f]	Photo, Pharao

pl-	〔ㄆㄌ〕	[pl]	plus, Platz
pr	〔ㄆㄏ〕	[pʀ]	prima, preisen
qu	〔ㄎㄈ〕	[kv]	Quelle, Quatsch
sch	〔ㄒㄩ〕	[ʃ]	schlafen, Schloss, naschen
sp-	〔ㄕㄆ〕	[ʃb]	Sport, Sprach
spr-	〔ㄕㄆㄏ〕	[ʃpʀ]	Sprach, sprechen
st-	〔ㄕㄉ〕	[ʃd]	studieren, Stadt
str-	〔ㄕㄊㄏ〕	[ʃtʀ]	Straße, Strich
th	〔ㄊ〕	[t]	Thema, These
tion	〔ㄘㄧㄩㄥˋ〕	[t͡sion]	Nation, Station
tr	〔ㄊㄏ〕	[tʀ]	trinken, Trauer
ts	〔ㄘ〕	[ts]	nichts
tz			Platz
tsch	〔ㄑㄩ〕	[tʃ]	Deutsch, Tschüss

聆聽發音

母音				
大寫	**小寫**	**音標**		**單字**
A	a	〔ㄚ〕長音	[a:]	Bahn, Tag
		〔ㄚ〕短音	[a]	Apfel, Arbeit
E	e	〔ㄝ〕長音	[ɛ:]	Tee, gehen
		〔ㄝ〕短音	[ɛ]	selten, melken
		〔ㄜ〕短音	[ə]	Schranke, bekommen
I	i	〔一〕長音	[i:]	ihr, Musik
		〔一〕短音	[i]	Insel, Tipp
O	o	〔ㄛ〕長音	[o:]	Zoo, Sohn
		〔ㄛ〕短音	[o]	offen, Mopp
U	u	〔ㄨ〕長音	[u:]	Kuh, du
		〔ㄨ〕短音	[u]	putzen, Nuss
Ä	ä	〔ㄝ〕長音	[ɛ:]	ähnlich
		〔ㄝ〕短音	[ɛ]	Nässe, Bäcker
Ö	ö	嘔吐音〔ㄩ〕長音	[ø:]	hören, Löwe
		嘔吐音〔ㄩ〕短音	[ø]	öffnen
		嘔吐音〔ㄩ〕	[œ]	zwölf
Ü	ü	〔ㄩ〕長音	[y:]	Bühne, Tür
		〔ㄩ〕短音	[y]	Mütter, hübsch

雙母音	ei/ai/ay/ey	〔ㄞ一〕	[aɪ]	Ei, Laib, Mayer, Speyer
	au	〔ㄠㄨ〕	[aʊ]	Haus, Auge, auch
	eu/äu	〔ㄛ一〕	[ɔɪ]	heute, Häuser
	ie	〔一〕	[i:]	Lied, vier
		〔一ㄜ〕	[iə]	Familie, telefonieren

◉ 只要學會以上的發音規則，之後看到德文單字就算不查字典，也可以依照規則自己發出讀音。請一邊聽雲端音檔練習發音，一邊記住規則。

◉ 注意：每種語言都有其發音規則可循，但也都可能會有例外的不規則發音。

Notiz ....

聆聽發音

Aa

[a]

猴子　**der Affe**
ㄚ ㄈㄜ

嘴型

發音訣竅：
與注音符號「ㄚ」相似。

發音規則

長母音

❶ 母音＋母音	❷ 母音＋h	❸ 母音＋一個子音
頭髮	鐵軌	名字
Haar	**Bahn**	**Name**
ㄏㄚ ㄜ	ㄅㄤㄣ	ㄋㄚ ㄇㄜ

短母音

❶ 母音＋兩個以上的子音	❷ 母音＋兩個相同的子音
8	何時
acht	**wann**
ㄚ ㄏㄜㄊ	ㄈㄤㄣ

補充 ▶德文單字如何發音？請依母音爲主，例如 Name（名字）有兩個母音，因此有兩個音節。

Na | me

分音節線

▶重音通常都放在第一個音節。
▶母音後面如果有「h」，大部分母音發長音，「h」不發音。

鐵軌
Bahn
ㄅㄤㄣ

‧‧‧‧‧‧‧‧‧‧‧‧‧‧‧‧‧‧‧‧ 發音練習 ‧‧‧‧‧‧‧‧‧‧‧‧‧‧‧‧‧‧‧‧

Banane	**Apfel**	**ja**
香蕉	蘋果	是／對
Ba | na | ne	**Ap | fel**	**ja**
ㄅㄚ ㄋㄚ ㄋㄜ	ㄚㄆ ㄈㄜ(ㄌ)	ㄧㄚ

聆聽發音

試試看

das 定冠詞（中性）/ 這 **das**	**Dame** 女士 / 夫人 **Da｜me**	**lachen** 笑 **la｜chen**
Abend 晚上 **A｜bend**	**haben** 有 **ha｜ben**	**Flagge** 旗子 **Fla｜gge**
Tag 天 **Tag**	**Yoga** 瑜珈 **Yo｜ga**	**alt** 老的 **alt**

補充

▶ 德文每個子音都很重要，必須要清楚發出來。

▶ 少一個音，意思會不一樣。

▶ 例如：Apfel（蘋果）發音若不清楚，很容易聽成 Affe（猴子）。

Apfel ⟶ Affe

若 p 和 l 發音不清楚，會聽成 Affe

會話練習

Guten Tag! 您好！

Gu | ten Tag
ㄍㄨ ㄊㄣ ㄊㄚㄎ

Guten Abend! 晚上好！

Gu | ten A | bend
ㄍㄨ ㄊㄣ ㄚ ㄅㄝㄣㄊ

補充

▶ 問候語（一）

- ▶ Guten Tag! 您好！（整天都可以用）
- ▶ Guten Morgen! 早安！（早上 11 點之前）
- ▶ Guten Abend! 晚上好！（傍晚到睡覺前使用）
- ▶ Gute Nacht! 晚安！（睡前）

Hallo, Lili. 哈囉，莉莉。

Ha | llo Li | li
ㄏㄚ ㄌㄛˋ ㄌㄧ ㄌㄧ

Bis dann! 到時見！

Bis dann
ㄅㄧㄙ ㄉㄤㄣ

聆聽發音

B b

[be]

香蕉　die Banane
ㄅㄚ ㄋㄚ ㄋㄜ

·························· 嘴型 ··························

發音訣竅：
與注音符號「ㄅㄝ」相似。

·························· 發音規則 ··························

▶發「ㄅ」。

建築 **Bau** ㄅㄠㄨ	擔架 **Bahre** ㄅㄚㄏㄜ

▶發「ㄆ」。

灰塵 **Staub** ㄕㄅㄠㄨㄆ

▶雙母音 au，注音相似音：「ㄠㄨ」。
在單字裡只要這兩個母音合體，都是念「ㄠㄨ」。

購買	跑步
Kau｜f	**Lau｜f**
ㄎㄠㄨ　ㄈ	ㄌㄠㄨ　ㄈ

發音練習

baden	**Baum**	**Bild**
洗澡	樹	圖畫
ba｜den	**Baum**	**Bild**
ㄅㄚ　ㄉㄣ	ㄅㄠㄨㄇ	ㄅ一　ㄌㄉ

閉嘴巴

試試看

Bildung	**blau**	**Bluse**
教育	藍色	女（短）上衣
Bil｜dung	**blau**	**Blu｜se**

Bohne	**Buch**	**bitte**
菜豆	書	請
Boh｜ne	**Buch**	**bi｜tte**

geben	**Ball**	**ab**
給	球	從……起
ge｜ben	**Ball**	**ab**

聆聽發音

Ich bin Monika. 我是莫妮卡

Ich　bin　Mo | ni | ka
ㄧㄒㄧ　ㄅㄧㄣ　ㄇㄛ　ㄋㄧ　ㄎㄚ

Bis bald! 一會兒見！

Bis　bald
ㄅㄧㄙ　ㄅㄚㄌㄉ

補充 ▶ **問候語（二）**

▶ Bis bald! 一會兒見！（相隔短時間再見面）
▶ Bis dann! 到時見！（相隔長時間再見面）
▶ Bis Morgen! 明天見！

Bitte schön! 不客氣！

Bi | tte　schön
ㄅㄧ　ㄊㄜ　ㄒㄩㄣ

Hallo, Sabine. 哈囉，薩賓！

Ha | llo　Sa | bi | ne
ㄏㄚ　ㄌㄛ　ㄙㄚ　ㄅㄧ　ㄋㄜ

Cc

[tse]

合唱團　**der Chor**
ㄎㄛㄜ

輕聲

發音訣竅：
與注音符號「ㄘㄝ」相似。

發音規則

▶在 ä, e, i, ö 前發〔ㄘ〕，其它大部分發〔ㄎ〕。

攝氏溫度計	聖歌
Cel | si | us	**Cho | ral**
ㄘㄝㄌ　ㄙㄧ　ㄨㄙ	ㄎㄛ　ㄏㄚㄌ

聆聽發音

補充

▶若 ch 前的母音是 a, o, u, au，發 [x]〔ㄏ〕（像吐痰的聲音）。

-ch

啊（語助詞）	手帕
ach	**Tuch**
ㄚㄏ	ㄊㄨㄏ

▶若 ch 前的母音是 e, i, eu, äu，發 [ç]〔ㄒㄧ〕。

你們的（所有格）	沒有
euch	**nicht**
ㄛㄧㄒㄧ	ㄋㄧㄒㄧㄊ

c

▶c 發音 [s]，注音相似音：「ㄙ」。

分（幣）
Cent　　[sɛnt]
ㄙㄝㄅㄊ

▶c 發音 [tʃ]，注音相似音：「ㄑㄩ」。

大提琴
Ce | llo　　[tʃɛlo]
ㄑㄩㄝ　ㄌㄛ

▶c 發音 [ʃ]，注音相似音：「ㄒㄩ」。

主廚／老闆
Chef　　[ʃɛf]
ㄒㄩㄝㄈ

Café	Chaos	nach
咖啡	混亂	在⋯⋯之後
Ca ∣ fé	Cha ∣ os	nach
ㄎㄚ ㄈㄟˋ	ㄎㄚ ㄛㄙ	ㄋㄚㄏ

試試看

Fuchs	Chef	China
狐狸	主廚 / 老闆	中國
Fuchs	Chef	Chi ∣ na

circa	Colt	Chip
大約	古鋼琴	薯片
cir ∣ ca	Colt	Chip

Auf Wiedersehen, Clara! 再見，克拉拉！

Auf	Wie ∣ der ∣ seh ∣ en	Cla ∣ ra
ㄠㄨㄈ	ㄈㄧ ㄉㄜ ㄙㄝ ㄣ	ㄎㄌㄚ ㄏㄚ

Tschüss, Thomas! 再見，托馬斯！

Tschüss	Tho ∣ mas
ㄑㄩㄙˋ	ㄊㄛ ㄇㄚㄙ

聆聽發音

▶ **問候語（三）道別語**

▶ Auf Wiedersehen! 再見！（正式的）
▶ Tschüs! 再見！（用於熟人）
▶ Ciao! 再見！（原是義大利文）

補充 ▶ -chs 發〔ㄎㄙ〕

6 **sechs** ㄙㄝㄎㄙ	成長 **wachsen** ㄈㄚㄎㄙㄣ

▶ -ck 發〔ㄎ〕

貝克(姓氏) **Beck** ㄅㄝㄎ	糖 **Zucker** ㄘㄨㄎㄜ

Notiz ....

Dd

[de]

狐獾 **der Dachs**
ㄅㄚ ㄏㄙ

發音訣竅：
與注音符號「ㄅㄝ」相似。

············ 發音規則 ············

ㄅ ▶字頭或字中發「ㄅ」。

Dan｜ke	**Bu｜de**
ㄉㄤ　ㄎㄜ	ㄅㄨ　ㄉㄜ

ㄊ ▶字尾發「ㄊ」。

Hund
ㄏㄨㄣㄊ

聆聽發音

補充 ▶雙母音 eu / äu，注音相似音：「ㄛㄧ」。
在單字裡只要這兩種搭配的母音合體，都是念「ㄛㄧ」。

德文	樹木（複數）
Deu ∣ tsch	**Bäu ∣ me**
ㄉㄛㄧ　　ㄑㄩ	ㄅㄛㄧ　ㄇㄜ

tsch 參考 97 頁

········· 發音練習 ·········

Daumen	**mild**	**Binde**
拇指	溫柔的	繃帶
Dau ∣ men	**mild**	**Bin ∣ de**
ㄉㄠㄨ　　ㄇㄣ	ㄇㄧㄌㄊ	ㄅㄧㄣ　ㄉㄜ

雙母音 au 請參考 28 頁

試試看

der	**Dach**	**Dusel**
定冠詞（陽性）	屋頂	好運
der	**Dach**	**Du ∣ sel**

Benda	**leiden**	**Fulda**
本達（姓氏 / 人名）	受苦	富爾達（城市）
Ben ∣ da	**lei ∣ den**	**Ful ∣ da**

Deutsch	Mund	Hand
德文	嘴	手
Deutsch	Mund	Hand

······················ 會話練習 ······················

Wer ist das ? 這是誰？

Wer ist das
ㄈㄝㄜ ㄧㄙㄊ ㄉㄚㄙ

Das ist mein Bruder. 這是我的哥哥。

Das ist mein Bru｜der
ㄉㄚㄙ ㄧㄙㄊ ㄇㄞㄧㄣ ㄅㄏㄨ ㄉㄜ

Vielen Dank! 非常感謝！

Vie｜len Dank
ㄈㄧ ㄌㄣ ㄉㄤㄎ

Bis dann! 到時見！

Bis dann
ㄅㄧㄙ ㄉㄤㄣ

聆聽發音

E e

[e]

大象　**der Elefant**
ㄝㄉㄜㄈㄢㄊ

·········· 嘴型 ··········

發音訣竅：
與注音符號「ㄝ」相似。

·········· 發音規則 ··········

長母音　❶ 母音＋母音　　❷ 母音＋h　　❸ 母音＋一個子音

茶	缺點	名字
Tee	**Fehl**	**Na | me**
ㄊㄝ	ㄈㄝㄉ	ㄋㄚ　ㄇㄜ

短母音　❶ 母音＋兩個以上的子音　　❷ 母音＋兩個相同的子音

真的	稱為
echt	**ne | nnen**
ㄝㄒㄧㄊ	ㄋㄝ　ㄋㄣ

▶ 母音 e 或 en 在現代德文若放在字尾，大部分念「ㄜ」。

Na | me	ko | mmen
ㄋㄚ　ㄇㄜ	ㄎㄛ　ㄇㄣ

▶ be- / ge- 開頭的單字大部分發「ㄜ」。

be | ko | mmen	ge | ge | ssen
ㄅㄜ　ㄎㄛ　ㄇㄣ	ㄍㄜ　ㄍㄝ　ㄙㄣ

▶ -er 在字尾輕輕地發「ㄜ」。

Va | ter
ㄈㄚ　ㄊㄜ

▶ ver- 在開頭輕輕地發「ㄝㄜ」

ver | stan | den
ㄈㄝㄜ　ㄕㄉㄤ　ㄉㄣ

· · · · · · · · · · · · · · · 發音練習 · · · · · · · · · · · · · · ·

Bett	Leben	Tante
床	生命	姑／嬸／姨／伯母／舅媽
Bett	Le | ben	Tan | te
ㄅㄝㄊ	ㄌㄝ　ㄅㄣ	ㄊㄤ　ㄊㄜ

聆聽發音

試試看

der	Ecke	Hilfe
定冠詞(陽性)/ 這	角	幫助
der	E｜cke	Hil｜fe

Ehe	Gute	Nein
婚姻	好	不
Eh｜e	Gu｜te	Nein

Welt	sehen	er
世界	看	他
Welt	seh｜en	er

補充

▶雙母音 ei / ai，注音相似音:「ㄞ一」。
在單字裡只要這兩種搭配的母音合體，都是念「ㄞ一」。

自從	麵包
seit	Laib
ㄙㄞ一ㄤ	ㄌㄞ一ㄆ

.... 會話練習 ....

Wie geht's? 您好嗎?

Wie geht's
ㄈㄧ 　ㄍㄝㄘ

補充 ▶雙母音 ie，注音相似音：「ㄧ（長音）」或「ㄧㄜ」。

愛情 **Lie	be** ㄌㄧ　ㄅㄜ	家庭 **Fa	mi	lie** ㄈㄚ　ㄇㄧ　ㄌㄧㄜ

Danke, gut! Und Ihnen? 謝謝，我很好！您呢？

**Dan	ke**	**gut**	**Und**	**Ih	nen**
ㄉㄤ　ㄎㄜ	ㄍㄨㄊ	ㄨㄣㄊ	ㄧ　ㄋㄣ

Auch gut, danke. 我也過得很好，謝謝。

Auch	**gut**	**dan	ke**
ㄠㄨㄏ	ㄍㄨㄊ	ㄉㄤ　ㄎㄜ

Auf Wiedersehen! 再見！

Auf	**Wie	der	seh	en**
ㄠㄨㄈ	ㄈㄧ　ㄉㄜ　ㄙㄝ　ㄣ

聆聽發音

Ff

[εf]

魚　　**der Fisch**
ㄈ一ㄒㄩ

····················　嘴型　····················

發音訣竅：
與注音符號「ㄝㄈ」相似。

····················　發音規則　····················

▶與英文一樣，發 [f]，注音相似音：「ㄈ」。

脂肪 **Fett** ㄈㄝㄊ	頭 **Kopf** ㄎㄛㄆㄈ

▶德文複合單字：與英文不一樣的是，德文除了單一個單字之外，有很多是兩個以上的單字組合成一個單字。

例如：

Fußball = Fuß+Ball
　　足球　　腳　球
Haustier = Haus+Tier
　　寵物　　家　動物

▶有些複合詞需要一個字母來連接，至於要用哪一種連接字母，就要靠經驗判斷了。

想要表達「最喜歡的某事、某地」，前面接上 Lieblings（要記得加 s），例如：
Lieblingsort　　最喜歡的地方
Lieblingsauto　　最喜歡的車子

其它連接，例如：
Schweinefleisch　豬肉
Jahreszeit　季節

聆聽發音

Frau	**Freund**	**Lauf**
太太 / 女士	朋友	跑步
Frau	**Freund**	**Lauf**
ㄈㄏㄠㄨ	ㄈㄏㄛ ㄧㄣㄊ	ㄌㄠㄨㄈ

試試看

Fuß	**Fokus**	**fallen**
腳	焦點	墜落
Fuß	**Fo ∣ kus**	**fa ∣ llen**

auf	**Fach**	**Sofie**
在……上 (介係詞)	抽屜	蘇菲 (人名)
auf	**Fach**	**Sofie**

Film	**Freitag**	**fahren**
電影	星期五	開 / 騎
Film	**Frei ∣ tag**	**fah ∣ ren**

德國文化知多少

　　除了 Guten Tag! 是最常用的問候語之外，還有其他部分地區及方言使用的問候語喔！

▶ Servus! （德國南部 & 奧地利）　　Grüezi! （瑞士）

　Moin, Moin! （德國北部）　　Grüß Gott! （德國南部 & 奧地利）

　Grüß dich! （德國南部 & 奧地利）　Salü! （德國西南部 & 瑞士西北部）

　你聽過哪一個呢？

Frau Fischer, woher kommen Sie?
費雪太太，您是從哪裡來？

Frau Fi|scher wo|her ko|mmen Sie
ㄈㄌㄠ ㄈ一 ㄒㄩㄜ ㄈㄛ ㄏㄝㄜ ㄎㄛ ㄇㄣ ㄙ一

補充 ▶ sch 這三個字母合體，注音相似音：「ㄒㄩ」。

桌子 **Tisch** ㄊ一ㄒㄩ	漁夫 / 姓氏 **Fi | scher** ㄈ一　ㄒㄩㄜ

Ich komme aus Fulda. 我來自富爾達。

Ich ko|mme aus Ful|da
一ㄒ一 ㄎㄛ ㄇㄣ ㄠㄨㄙ ㄈㄨㄌ ㄅㄚ

Freut mich. 很高興認識您。

Freut mich
ㄈㄏㄛ一ㄊ ㄇ一ㄒ一

聆聽發音

德文小知識

　　德國人的姓氏（Nachname, Familiename）很多都是跟職業、事物、體貌特徵或地名相關的。

▶源於職業：Schmidt （鐵匠）、Hoffmann（農場主人）、Maurer（石匠）、Müller（磨坊工人）、Bauer（農夫）、Töpfer（陶工）、Schulze（警官）、Fischer（漁夫）、Schneider（裁縫）、König（國王）、Graf（伯爵）等。

▶源於地名：Bayer（巴伐利亞）、Bachmann（溪邊）、Kissinger（基辛根）、Böhm（波西米亞）等。

▶源於事物：Vogel（鳥）、Berg（山）、Adler（應）、Wolf（狼）、Fuchs（狐狸）、Blume（花）、Sommer（夏天）等。

▶源於體貌特徵：Krause（捲頭髮）、Schwarzkopf（黑頭髮）、Klein（小個子）、 Groß（大個子）等。

Gg
[ge]

長頸鹿 **die Giraffe**
ㄍㄧㄏㄚㄈㄜ

發音訣竅：
與注音符號「ㄍㄝ」相似。

▶發「ㄍ」。通常在字首或字中。

好的
gut
ㄍㄨㄊ

▶發「ㄎ」。通常在字尾。

天
Tag
ㄊㄚㄎ

聆聽發音

Energie
能量
E | ner | gie
ㄝ　ㄋㄜ　ㄍㄧ

Glass
杯子
Glass
ㄍㄌㄚㄙ

Montag
星期一
Mon | tag
ㄇㄥ　ㄊㄚㄎ

試試看

Golf
高爾夫
Golf

Geld
錢
Geld

Schlag
打擊
Schlag

Sonntag
星期日
Sonn | tag

Gold
黃金
Gold

Flug
飛行
Flug

Junge
少年
Junge

gehen
去
geh | en

Weg
道路
Weg

補充　▶ -ung，注音相似音：「ㄨㄥ」。

估價
Wertung
ㄈㄝㄜㄊㄨㄥ

效果
Geltung
ㄍㄝㄌ ㄊㄨㄥ

Wie geht es dir? 你好嗎？

Wie geht es dir
ㄈㄧ ㄍㄝㄊ ㄝㄙ ㄅㄧㄜ

Es geht. Und du? 普普通通。你呢？

Es geht Und du
ㄝㄙ ㄍㄝㄊ ㄨㄣㄊ ㄅㄨ

Sehr gut, danke. 我也過得很好，謝謝。

Sehr gut dan | ke
ㄙㄝㄜ ㄍㄨㄊ ㄅㄤ ㄎㄜ

補充 ▶ -ing，注音相似音：「ㄧㄥ」。

唱歌
Sing | en
ㄙㄧㄥ ㄣ

聆聽發音

▶ -ig，注音相似音：「ㄧ ㄒㄧ」。

20
zwan | zig
ㄘ ㄈ尢　ㄘ一 ㄒ一

▶ ng，注音相似音：「ㄥ（鼻音）」。

開始
An | fang
尢　ㄈ尢ㄥ
鼻音

德國文化知多少

▶**柏林熊**

德意志聯邦共和國（Bundesrepublik Deutschland），簡稱德國。由 16 個聯邦組成，首都柏林。

柏林到處都有「柏林熊」的蹤跡，有機會的話到街上來尋找柏林熊，看你能累積幾隻！

▪ 圖片來源：作者

Hh

[ha]

狗　　**der Hund**
ㄏㄨㄣˋㄊ

發音訣竅：
與注音符號「ㄏㄚ」相似。

發音規則

▶通常發「ㄏ」。

帽子
Hut
ㄏㄨㄊ

▶h 若在母音後面，大部分是不發音。

住在
woh | nen
ㄈㄛ　　ㄋㄣ

聆聽發音

德文小知識

▶人稱代名詞

我	ich	我們	wir
你	du	你們	ihr
他 / 她 / 它	er/sie/es	他們 / 您	sic/Sie

德語「敬語」的使用：代名詞 Sie（您）的第一個字母必須大寫。

▶正式稱呼 Sie V.S. 非正式稱呼 du
問：何時使用正式稱呼 Sie？
答：只要是陌生人、不熟悉的人或同事、職位高的主管、地位高的人，比較適合用 Sie。若不確定對方該用哪種稱呼，使用 Sie 就對了！

· 發音練習 ·

Haut	**Fehler**	**hundert**
皮膚	錯誤	百
Haut	**Feh｜ler**	**hun｜dert**
ㄏㄠㄨㄊ	ㄈㄝ　ㄌㄜ	ㄏㄨㄣ　ㄉㄜㄊ

ㄜ尾音中舌往上

Haus 家 **Haus**	**gehen** 去 **geh ∣ en**	**Mehl** 麵粉 **Mehl**
heilig 神聖的 **hei ∣ lig**	**Kuh** 牛 **Kuh**	**ihr** 你們 **ihr**
Hallo 哈囉 **Ha ∣ llo**	**Wohl** 幸福 **Wohl**	**Hoffnung** 希望 **Hoff ∣ nung**

德文小知識

▶在德國不像中文使用「老師」來稱呼，而是用 Herr（先生）或 Frau（女士）。

Herr Bonn: Guten Tag, mein Name ist Sebastian Bonn.
波恩先生：大家好，我的名字是賽巴斯蒂安‧波恩。
Studenten: Guten Tag! Herr Bonn.
學生們：您好！波恩先生。

聆聽發音

Woher kommen Sie? Herr Schneider.
您來自哪裡？王先生。

Wo | her ko | mmen Sie
ㄈㄛ ㄏㄜㄜ ㄎㄛ   ㄇㄣ   ㄙㄧ
Herr Schnei | der
ㄏㄜㄜ ㄒㄩㄋㄞ   ㄉㄜ

Ich komme aus Deutschland. 我來自德國。

Ich ko | mme aus Deutsch | land
ㄧㄒㄧ ㄎㄛ   ㄇㄜ ㄠㄨㄙ ㄉㄛㄧㄑㄩ   ㄌㄤㄊ

Und Sie? Kommen Sie auch aus Deutschland?
您呢？來自德國嗎？

Und Sie
ㄨㄣㄊ ㄙㄧ
Ko | mmen Sie auch aus Deutsch | land
ㄎㄛ   ㄇㄣ   ㄙㄧ ㄠㄏㄨ ㄠㄨㄙ ㄉㄛㄧㄑㄩ   ㄌㄤㄊ

Nein, ich komme aus Hongkong. 不是，我來自香港。

Nein ich ko | mme aus Hong | kong
ㄋㄞㄧㄣ ㄧㄒㄧ ㄎㄛ   ㄇㄜ ㄠㄨㄙ ㄏㄨㄥ   ㄎㄨㄥ

I i

[i]

刺蝟　**der Igel**
一ㄍㄜㄌ

發音訣竅：
與注音符號「一」相似。

發音規則

長母音

❶ 母音 +h

你們
ihr
一ㄜ

❷ 母音 + 一個子音

du 的間接受格 (Dativ)
dir
ㄉ一ㄜ

短母音

❶ 母音 + 兩個以上的子音

光
Licht
ㄌ一 ㄒ一ㄊ

❷ 母音 + 兩個相同的子音

苦的
bitter
ㄅ一 ㄊㄜ

聆聽發音

德國文化知多少

德國位於中歐，與德國領土相連有九個國家：丹麥、波蘭、捷克、奧地利、瑞士、法國、盧森堡、比利時、荷蘭，是歐洲鄰國最多的國家。

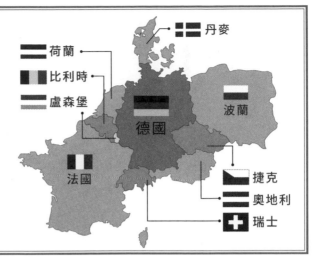

荷蘭
比利時
盧森堡
丹麥
波蘭
德國
捷克
奧地利
瑞士
法國

發音練習

ich	Ding	immer
我	東西	經常
ich	Ding	i｜mmer
ㄧㄒㄧ	ㄉㄧㄥ	ㄧ　ㄇㄜ

試試看

nicht	sein	Emil
沒有	be 動詞	艾咪(人名)
nicht	sein	E｜mil

in	mit	hier
在……裡面	與	這裡
in	mit	hier

wir	gibt	eins
我們	geben 動詞變化	1
wir	gibt	eins

Kino	Ärztin	einmal
電影	女醫生	一次
Ki | no	Ärz | tin	ein | mal

······· 會話練習 ·······

Hallo, ich bin Mia. Wie ist Ihr Name?
哈囉，我是米亞。您的名字是？

Ha \| llo ich bin Mi \| a
ㄏㄚ ㄌㄛ ㄧㄒㄧ ㄅㄧㄣ ㄇㄧ ㄚ
Wie ist Ihr Na \| me
ㄈㄧ ㄧㄙㄊ ㄧㄜ ㄋㄚ ㄇㄜ

Mein Name ist Peter Fischer. 我的名字是 Peter Fischer。

Mein Na \| me ist Pe \| ter Fi \| scher
ㄇㄞㄧㄣ ㄋㄚ ㄇㄜ ㄧㄙㄊ ㄆㄝ ㄊㄜ ㄈㄧ ㄒㄩㄝ

聆聽發音

Wie bitte? 什麼？請再說一次。

Wie bi | tte
ㄈㄧ　　ㄅㄧ　　ㄊㄜ

Mein Vorname ist Peter, P-E-T-E-R, und mein
Familienname ist Fischer, F-I-S-C-H-E-R.
我的名字是彼 Peter，P-E-T-E-R，然後我的姓是 Fischer，F-I-S-C-
H-E-R。

Mein　　Vor | na | me　　ist Pe | ter
ㄇㄞㄧㄣ　　ㄈㄛㄜ　ㄋㄚ　ㄇㄜ　　ㄧㄥㄊ ㄆㄝ　ㄊㄜ

P-E-T-E-R und mein
德文字母發音　ㄨㄣㄊ　ㄇㄞㄧㄣ

Fa | mi | li | en | na | me　　ist　Fi | scher
ㄈㄚ　ㄇㄧ　ㄌㄧ　ㄜ　ㄋㄚ　ㄇㄜ　　ㄧㄥㄊ　ㄈㄧ　ㄒㄩㄝ

F-I-S-C-H-E-R
　　德文字母發音

德文小知識

▶在德國公家機關或是需要正確名字的時候，需要將姓氏
　及名字的字母以拼音的方式唸出來。

Jj

[jɔt:]

美洲豹　der Jaguar
ㄧㄚㄍㄨㄚ(ㄜ)

輕聲

發音訣竅：
與注音符號「ㄧㄛㄊ」相似。

發音規則

▶發「ㄧ」。

優格 Jo｜ghurt ㄧㄛ　ㄍㄨㄛㄊ	是 ja ㄧㄚ

聆聽發音

德文小知識

▶定冠詞 der bestimmte Artikel：der（陽性）、die（陰性）、das（中性）。所有德文名詞都有文法上的性別，至於怎麼分辨，只能靠你的記憶了！

▶也有省略定冠詞不用的時候：

❶在姓氏或人名前

Tom ist mein Vater.

湯姆是我的爸爸。

❷在地名前

Berlin ist die Hauptstadt von Deutschland.

柏林是德國首都。

❸在國名前

Malta ist ein kleines Land.

馬爾他是一個小國。

❹表示職業、國籍

Ich bin Köchin.

我是位女廚師。

❺在物質名詞前

Die Tasche ist aus Holz.

桌子是木製的。

.... 發音練習 ....

je	Jod	Jura
在任何時候	碘	法律
je	**Jod**	**Ju|ra**
ㄧㄝ	ㄧㄛㄊ	ㄧㄩㄨ ㄏㄚ

Johanna
約翰娜（人名）
Jo｜han｜na

Jade
翡翠
Ja｜de

Jahr
年
Jahr

提示：h 不發音

jedoch
然而
je｜doch

ch 參考 31 頁

jagen
打獵
ja｜gen

jetzt
現在
jetzt

jung
年輕的
jung

-ung 參考 47 頁

Jude
猶太人
Ju｜de

Januar
一月
Ja｜nu｜ar

補充　▶ -tz，注音相似音：「ㄘ」。

地方	最後的
Platz	**le**tz**t**
ㄆㄌㄚㄘ	ㄌㄝㄘㄊ

聆聽發音

···················· 會話練習 ····················

Singst du gern? 你喜歡唱歌嗎？

Singst du gern
ㄙㄧㄥㄙㄊ　ㄉㄨ　ㄍㄧㄤㄣ

Ja, ich singe gern. 是的，我喜歡唱歌。

Ja ich sing｜e gern
ㄧㄚ　ㄧㄒㄧ　ㄙㄧㄥ　ㄜ　ㄍㄧㄤㄣ

Wann lernst du Deutsch? 你什麼時候學德文？

Wann lernst du Deutsch
ㄈㄤ　ㄌㄧㄤㄙㄊ　ㄉㄨ　ㄉㄛㄧㄑㄩ

Jeden Tag. 每天。

Je｜den Tag
ㄧㄝ　ㄉㄣ　ㄊㄚㄎ

Kk

[ka]

貓　**die Katze**
ㄎㄚㄘㄜ

發音訣竅：
與注音符號「ㄎㄚ」相似。

····································· 發音規則 ·····································

▶發「ㄎ」。

孩子 **Kind** ㄎㄧㄥㄊ	錨 **An｜ker** ㄤ　ㄎㄜ

聆聽發音

德國文化知多少

　　德國現今使用的貨幣是「歐元」€。歐元硬幣 (Euromüzen) 目前總共有八種幣值：2Euro、1Euro、50 Cent、20 Cent、10 Cent、 5 Cent、2 Cent、1 Cent。歐元幣值面（正面）為統一設計，反面則是開放由各國自行設計喔！

　　德國歐元有三種不同的主題：國徽上的鷹（象徵自由）、布蘭登堡門（象徵分裂與統一）、橡樹枝（舊德國芬尼幣上出現的）。

▲德國版本的歐元背面

▲歐元幣值面為統一設計

········· 發音練習 ·········

Kino	**Kuh**	**backen**
電影	牛	烤
Ki | no	**Kuh**	**ba | cken**
ㄎㄧ　ㄋㄛ	ㄎㄨ	ㄅㄚ　ㄎㄣ

Kopf
頭
Kopf

Onkel
叔 / 伯 / 舅
On | kel

Wolke
雲
Wol | ke

Geschenk
禮物
Ge | schenk

sch 參考 44 頁

Akte
文件
Ak | te

Kaffee
咖啡
Ka | ffee

Heck
船尾
Heck

Dank
感謝
Dank

Balkon
陽台
Bal | kon

補充 ▶ -ck，注音相似音：「ㄎ」。

烤 **backen** ㄅㄚㄎㄣ	獵獾犬 **Dackel** ㄅㄚㄎㄜㄌ

聆聽發音

························ 會話練習 ························

Hast du Kinder? 你有孩子嗎？

Hast　du　Kin | der
ㄏㄚㄙㄊ　ㄉㄨ　ㄎㄧㄥ　ㄉㄚ

Nein, ich habe keine Kinder. 沒有，我沒有孩子。

Nein　ich　ha | be　kei | ne　Kin | der
ㄋㄞㄣ　ㄧㄒㄧ　ㄏㄚ　ㄅㄜ　ㄎㄞ　ㄋㄜ　ㄎㄧㄥ　ㄉㄚ

Du bist allein und einsam. 一個人一定很孤單吧。

Du　bist　a | llein　und　ein | sam
ㄉㄨ　ㄅㄧㄙㄊ　ㄚ　ㄌㄞㄣ　ㄨㄣㄊ　ㄞㄣ　ㄙㄤ(ㄇ)

Nein, ich bin nicht einsam. Ich habe einen Mann. 不會，我不孤單。我有先生陪。

Nein　ich　bin　nicht　ein | sam
ㄋㄞㄣ　ㄧㄒㄧ　ㄅㄧㄣ　ㄋㄧㄒㄧㄊ　ㄞㄣ　ㄙㄤ(ㄇ)
Ich　ha | be　ei | nen　Mann
ㄧㄒㄧ　ㄏㄚ　ㄅㄜ　ㄞ　ㄋㄣ　ㄇㄢㄣ

L l

[el]

獅子 **der Löwe**
ㄌ(ㄩ)ㄈㄜ

發音訣竅：
與注音符號「ㄝㄌ」相似。

注意前舌要往上顎頂

發音規則

▶發「ㄌ」。

親愛的 **Lieb**	結束 **a|lle**
ㄌㄧㄆ	ㄚ ㄌㄜ

聆聽發音

德國文化知多少

你知道德國有哪些好吃的嗎？我們都聽過德國豬腳、德國香腸、德國啤酒等等食物，但你知道有一種甜點也是代表著德國唷！那就是鼎鼎有名的「黑森林櫻桃奶油蛋糕」(Schwarzwälder Kirschtorte)。黑森林主要成分有巧克力蛋糕、櫻桃酒、奶油和櫻桃，因為有加入櫻桃酒，吃起來有股濃濃的酒味喔！

······· 發音練習 ·······

Lage	als	halb
位置	當……的時候	一半
La | ge	als	halb
ㄌㄚ ㄍㄜ	ㄚㄌㄙ	ㄏㄚㄌㄅ

試試看

Schloß	Esel	Kapital
城堡	驢子	資本
Schloß	E | sel	Ka | pi | tal

loben	Liste	selbst
稱讚	表格	自己
lo | ben	Lis | te	selbst

Bildung	laut	Leib
教育	大聲的	身體
Bil | dung	laut	Leib

德文小知識

▶德語動詞變化的規則分兩種：規則與不規則動詞變化。
規則動詞只要熟記各主詞的動詞變化即可。

人稱	單數		複數	
一	ich 我	-e	wir 我們	-en
二	du 你	-st	ihr 你們	-t
三	er/sie/es 他 / 她 / 它	-t	sie/Sie 他們 / 您	-en

例如：

若 ich（我）使用 wohnen（住在）這動詞，「-e」的意思是去掉原型動詞的字尾 en，再加上「e」，「ich wohne」就是變化後的結果。（注意！並非全部的動詞字尾都是 en 喔！）不規則動詞變化請參照 73 頁

聆聽發音

······· **會話練習** ·······

Opa, was machst du da? 爺爺，你在那裡做什麼？

O｜pa	was	machst	du	da
ㄛ ㄆㄚ	ㄈㄚㄙ	ㄇㄚㄏㄙㄊ	ㄉㄨ	ㄉㄚ

Ich suche meine Brille. 我在找眼鏡。

Ich	su｜che	mei｜ne	Bri｜lle
一ㄒ一	ㄙㄨ ㄏㄜ	ㄇㄞ一 ㄋㄜ	ㄅㄏ一 ㄌㄜ

Ist das deine Brille? 這是你的眼鏡嗎？

Ist	das	dei｜ne	Bri｜lle
一ㄙㄊ	ㄉㄚㄙ	ㄉㄞ一 ㄋㄜ	ㄅㄏ一 ㄌㄜ

Ja, vielen Dank! 沒錯，謝謝你！

Ja	vie｜len	Dank
一ㄚ	ㄈ一 ㄌㄣ	ㄉㄤㄎ

補充 ▶ pl-，注音相似音：「ㄆㄌ」。

加	地方
plus	**Platz**
ㄆㄌㄨㄙ	ㄆㄌㄚㄘ

Mm

[ɛm]

老鼠　die Maus
ㄇㄠㄨㄙ

發音訣竅：
與注音符號「ㄝㄇ（閉嘴巴）」
相似。

注意前舌要往上顎頂

發音規則

▶發「ㄇ」。

音樂
Mu | sik
ㄇㄨ　ㄕㄧㄎ

▶字尾 m 發「ㄇ（閉嘴巴）」。

樹
Baum
ㄅㄠㄨ(ㄇ)

聆聽發音

▶ **Deutsche Buchstabiertafel 德語拼音字母表**

Hallo, ich bin Anna Hsu. Mein Vorname ist Anton-Nordpol-Nordpol-Anton und mein Nachname ist Heinrich-Samuel-Ulrich.

德國人為了避免口誤，會用一個單字來代表一個字母：

die DIN-Norm 5009 標準德語拼音字母表			
A	Anton	O	Otto
Ä	Ätger	Ö	Ökonom
B	Berta	P	Paula
C	Cäsar	Q	Quelle
CH	Charlotte	R	Richard
D	Dora	S	Samuel
E	Emil	SCH	Schule
F	Friedrich	ß	scharfes s(Eszett)
G	Gustav	T	Theodor
H	Heinrich	U	Ulrich
I	Ida	Ü	Übermut
J	Julius	V	Viktor
K	Kaufmann	W	Wilhelm
L	Ludwig	X	Xanthippe
M	Martha	Y	Ypsilon
N	Nordpol	Z	Zacharias

warum	Hamburg	Milch
為什麼	漢堡（城市）	牛奶
wa｜rum	Ham｜burg	Milch
ㄈㄚ ㄏㄨㄣ(ㄇ)	ㄏㄢ(ㄇ) ㄅㄨㄜㄍ	ㄇㄧㄉㄒㄧ

試試看

Bremen	Monika	Mutter
布萊梅（城市）	莫妮卡（人名）	媽媽
Bre｜men	Mo｜ni｜ka	Mu｜tter

mein	Motor	Blume
我的	馬達	花
mein	Mo｜tor	Blu｜me

September	Moment	damit
九月	片刻	對此
Sep｜tem｜ber	Mo｜ment	da｜mit

Was ist das? 這是什麼？

Was	ist	das
ㄈㄚㄙ	ㄧㄙㄊ	ㄉㄚㄙ

聆聽發音

Das ist mein Familienfoto. 這是我的家族照片。

Das ist mein Fa | mi | li | en | fo | to
ㄉㄚㄙ ㄧㄙㄊ ㄇㄞㄣ ㄈㄚ ㄇㄧ ㄌㄧ ㄣ ㄈㄛㄛ ㄊㄛ

Wer ist das? 這是誰？

Wer ist das
ㄈㄝㄜ ㄧㄙㄊ ㄉㄚㄙ

Das ist meine Mutter! 這是我的媽媽。

Das ist mei | ne Mu | tter
ㄉㄚㄙ ㄧㄙㄊ ㄇㄞ ㄋㄜ ㄇㄨ ㄊㄜ

德文小知識

▶不規則動詞變化，主要是指第二、第三人稱的動詞變化為不規則。例如：sprechen（說）

人稱	單數		複數	
一	ich	spreche	wir	sprechen
二	du	sprichst	ihr	sprecht
三	er / sie / es	spricht	sie / Sie	sprechen

◎不規則變化有這幾種類型：母音轉為變母音（大部分 a→ä，只有少部分 o→ö 或 u→ü）；e→i（nehmen→du nimmst）；e → ie（sehen → du siehst）；單純沒規則（wissen → du weißt）。

N n

[ɛn]

堅果　**die Nuß**
ㄋㄨㄥ

發音訣竅：
與注音符號「ㄝㄣ」相似。

發音規則

母音前 ▶發「ㄋ」。

新的	拿、取
neu	**neh | men**
ㄋㄛー	ㄋㄝ　ㄇㄣ

母音後 ▶發「ㄣ」。

來	安東（人名）
ko | mmen	**An | ton**
ㄎㄛ　ㄇㄣ	ㄢㄣ　ㄊㄨㄥ

聆聽發音

補充 ▶ kn-，注音相似音：「ㄎㄋ」。

膝蓋 **Knie** ㄎㄋㄧ	打碎 **Knapp** ㄎㄋㄚㄆ

······ 發音練習 ······

Nacht 夜晚 **Nacht** ㄋㄚㄏㄊ	**Bogen** 弧形 **Bo｜gen** ㄅㄛ　ㄍㄣ	**Hand** 手 **Hand** ㄏㄢㄊ

試試看

Berlin 柏林（城市） **Ber｜lin**	**Ballon** 汽球 **Ba｜llon**	**Ukraine** 烏克蘭 **U｜kra｜i｜ne**
Kondor 禿鷹 **Kon｜dor**	**Mine** 地雷 **Mi｜ne**	**Bonn** 波昂（城市） **Bonn**
Anita 阿妮塔（人名） **A｜ni｜ta**	**geben** 給 **ge｜ben**	**nein** 不 **nein**

▶ nk-，注音相似音：「ㄅㄎ」。

孫子 **Enkel** ㄝㄅㄎㄜㄌ	銀行 **Bank** ㄅㄤㄎ

········· 會話練習 ·········

Auf Wiedersehen, Simon! 再見，西蒙！

Auf   Wie | der | seh | en   Si | mon
ㄠㄨㄈ   ㄈㄧ   ㄉㄜ   ㄙㄝ   ㄅ   ㄙㄧ   ㄇㄥ

Tschüss, Anita. 再見，阿妮塔。

Tschüss   A | ni | ta
ㄑㄩㄙ   ㄚ   ㄋㄧ   ㄊㄚ

聆聽發音

德國文化知多少

▶德國國民美食：扭結麵包Brezel

　　12 世紀就出現的 Brezel，有很多來源的傳說，其中因酷似人們祈禱時交叉手臂的樣子而有這名字。

　　一般 Brezel 會有粗鹽在表面，吃起來酥脆有嚼勁又帶點鹹鹹的滋味，當然還有其他的吃法！對德國人來說麵包除了是主食之一之外，更是他們文化的傳承，隨處可見國民美食 Brezel。

▪ 圖片來源：作者

O o

[o]

耳朵　**das Ohr**
　　　　　ㄛ ㄜ

發音訣竅：
與注音符號「ㄛ」相似。

發音規則

長母音　❶ 母音＋母音　　❷ 母音＋h　　❸ 母音＋一個子音

動物園 **Zoo** ㄘㄛ	耳朵 **Ohr** ㄛ ㄜ	長沙發 **Sofa** ㄙㄛ ㄈㄚ

短母音　❶ 母音＋兩個以上的子音　　❷ 母音＋兩個相同的子音

東邊 **Ost** ㄛ ㄙ ㄊ	水獺 **Otter** ㄛ ㄊ ㄜ

聆聽發音

德國文化知多少

德國電壓是 220V，台灣是 110V。到德國旅遊時記得隨身帶兩腳圓形的轉接頭，如果攜帶吹風機、捲髮器等只適合台灣電壓的電器，記得帶變壓器，否則下場就是燒掉囉！

■ 圖片來源：作者

・・・・・・・・・・・・・・・・・・ 發音練習 ・・・・・・・・・・・・・・・・・・

wohnen	Kino	Koch
住在	電影	廚師
woh｜nen	Ki｜no	Koch
ㄈㄛ ㄋㄣ	ㄎㄧ ㄋㄛ	ㄎㄛㄏ

h 參考 24 頁

試試看

kommen	Lob	Slowakei
來（動詞）	稱讚	斯洛伐克（國家）
ko｜mmen	Lob	Slo｜wa｜kei

Vorname	Polle	noch
名字	波萊（城市）	仍然
Vor｜na｜me	Po｜lle	noch

Post	Zone	Gold
郵政	區域	黃金
Post	Zo｜ne	Gold

Wo arbeitest du? 你在哪裡工作？

Wo   ar | bei | test   du
ㄈㄛ   ㄚㄜ ㄅㄞ一 ㄊㄜㄙㄊ ㄉㄨ

Ich arbeite in Polle. 我在波萊工作。

Ich   ar | bei | te   in   Po | lle
一ㄒ一 ㄚㄜ ㄅㄞ一 ㄊㄜ 一ㄣ ㄆㄛ ㄌㄜ

Und du? Arbeitest du auch in Polle?
你呢？你也在波萊工作嗎？

Und du
ㄨㄣㄊ ㄉㄨ
Ar | bei | test   du   auch   in   Po | lle
ㄚㄜ ㄅㄞ一 ㄊㄜㄙㄊ ㄉㄨ ㄠㄨㄏ 一ㄣ ㄆㄛ ㄌㄜ

Nein, ich arbeite in Bonn! 沒有，我在波昂工作。

Nein   ich   ar | bei | te   in   Bonn
ㄋㄞ一ㄣ 一ㄒ一 ㄚㄜ ㄅㄞ一 ㄊㄜ 一ㄣ ㄅㄛㄣ

聆聽發音

P p

[pe]

企鵝 **der Pinguin**
ㄆㄧㄣ ㄍㄨㄧㄣ

.... 嘴型 ....

發音訣竅：
與注音符號「ㄆㄝ」相似。

.... 發音規則 ....

▶發「ㄆ」。

踏板	資本
Pe | dal	**Ka | pi | tal**
ㄆㄝ ㄅㄚㄌ	ㄎㄚ ㄆㄧ ㄊㄚㄌ

補充 ▶pf，注音相似音：「ㄆㄈ」。注意「ㄆ」在這裡只發氣音，不要發「ㄆㄝ」。

馬	頭
Pferd	**Kopf**
ㄆㄈㄝㄜㄊ	ㄎㄛㄆㄈ

▶ ph，注音相似音：「ㄈ」。

語音學 Pho | ne | tik ㄈㄛ　ㄋㄝ　ㄊㄧㄣ	照片 Pho | to ㄈㄛ　ㄊㄛ

· · · · · · · · · · · · · · ·　發音練習　· · · · · · · · · · · · · · ·

Pfau 孔雀 Pfau ㄆㄈㄠㄨ	Papier 紙 Pa | pier ㄆㄚ　ㄆㄧㄜ	Platte 平板 Pla | tte ㄆㄌㄚ　ㄊㄜ

試試看

Politik 政治 Po | li | tik	Polizei 警察 Po | li | zei	Lampe 燈 Lam | pe
Leopard 豹 Le | o | pard	Lappen 抹布 La | ppen	Pol 電極 Pol
Pfiff 汽笛聲 Pfiff	Phase 階段 Pha | se	Mappe 文件夾 Ma | ppe

聆聽發音

會話練習

Ich möchte einen Apfel. Und du?
我想喝蘋果汁。你呢?

Ich　möch | te　ei | nen　A | pfel
ー ㄒ ー　　ㄇ(ㄩ)ㄒ ㄣ　　ㄊ ㄜ　　ㄞ ー　　ㄋ ㄣ　　ㄚ　ㄆㄈㄜㄌ

ö 參考 132 頁

Und　du
ㄨㄣㄊ　　ㄉㄨ

Oh ja, ich auch. 喔好,我也是。

Oh　ja　ich　auch
ㄛ　　ー ㄚ　　ー ㄒ ー　　ㄠ ㄨ ㄏ

德國文化知多少

▶**德國葡萄酒之門(Deutsche Weintor)**

　位於德法交界 Rheinland-Pfalz 邦的一座城鎮 Schweigen-Rechtenbach,它是葡萄酒之路南端的起點,於 1936 年建造。

　當地因氣候溫暖,適合種植葡萄,此區的葡萄頗負盛名。有機會來此旅遊,不妨停下腳步好好欣賞葡萄園美景以及喝一杯葡萄酒,接著散步到「法國」,感受兩國不同的民俗風情。

▲上圖為葡萄酒之門
▼下圖為法國小鎮 Wissembourg

▪圖片來源:作者

Q q

[ku]

水母 **die Qualle**
ㄎㄈㄚㄌㄜ

········· 嘴型 ·········

發音訣竅：
與注音符號「ㄎㄨ」相似。

········· 發音規則 ·········

▶ qu [kf]，發「ㄎㄈ」。

苦悶	泉源
Qual	**Que ∣ lle**
ㄎㄈㄚㄌ	ㄎㄈㄝ　ㄌㄜ

★在德文中「q」不會單獨出現在字母裡，而會與「u」一起出現。
★在字典中會用 [kv] 標註發音，但正常說話是發 [kf] 喔！

德文小知識

▶諺語：質量最持久

Qua ∣ li ∣ tät　währt　am　läng ∣ sten.
ㄎㄈㄚ　ㄌㄧ　ㄊㄝㄊ　ㄈㄝㄜㄊ　ㄚㄣ(ㄇ)　ㄌㄝㄣ　ㄙㄊㄣ

聆聽發音

Quadrat	quaken	Quasar
正方形	嘎嘎地叫	類星體
Qua | drat	qua | ken	Qua | sar
ㄎㄈㄚ ㄅㄉㄚㄊ	ㄎㄈㄚ ㄎㄣ	ㄎㄈㄚ ㄙㄚ

試試看

Quatsch	Quant	quer
廢話	量子	橫的
Quatsch	Quant	quer

Quere	quick	Quiz
傾斜	活潑的	問答比賽
Que | re	quick	Quiz

Quote	Quitte	Quappe
定額	榲桲（水果名）	江鱈
Quo | te	Qui | tte	Qua | ppe

Was ist dein Sternzeichen? 你的星座是什麼？

Was	ist	dein	Stern | zei | chen
ㄈㄚㄙ	ㄧㄙㄊ	ㄉㄞㄣ	ㄕㄉㄧㄤㄣ ㄘㄞ ㄒㄧㄢ

Mein Sternzeichen ist Waage. 我的星座是天秤座。

Mein Stern | zei | chen ist Waa | ge
ㄇㄞㄣ ㄗㄉㄧㄤㄣ ㄘㄞ ㄒㄧㄢ ㄧㄥㄊ ㄈㄚ ㄍㄜ

德國文化知多少

▶ 你是什麼星座呢？

十二星座 12 Sternzeichen		
中文	英文	德文
水瓶座	Aquarius	Wassermann
雙魚座	Pisces	Fische
牡羊座	Aries	Widder
金牛座	Taurus	Stier
雙子座	Gemini	Zwillinge
巨蟹座	Cancer	Krebs
獅子座	Leo	Löwe
處女座	Virgo	Jungfrau
天秤座	Libra	Waage
天蠍座	Scorpio	Skorpion
射手座	Sagittarius	Schütze
摩羯座	Capricorn	Steinbock

聆聽發音

▶ 除了星座之外，十二生肖的德文你會說嗎？

Welches chinesische Sternzeichen bin ich?
你的十二生肖是什麼？

十二生肖 Chinesisches Horoskop		
中文	英文	德文
鼠	Rat	Ratte
牛	Ox	Büffel
虎	Tiger	Tiger
兔	Rabbit	Hase
龍	Dragon	Drache
蛇	Snake	Schlange
馬	Horse	Pferd
羊	Goat	Ziege
猴	Monkey	Affe
雞	Rooster	Hahn
狗	Dog	Hund
豬	Pig	Schwein

Rr

[ɛr]

小鹿 **das Reh**
ㄏㄝ

發音訣竅：
與注音符號「ㄝㄜㄏ（像吐痰音）」
相似。

德文「r」不像英文有捲舌喔！

發音規則

▶發「ㄏ（小舌顫音，像吐痰音）」 小提示：舌頭放到最下面！

紅色	玫瑰
rot	**Ro ∣ se**
ㄏㄛㄊ	ㄏㄛ　ㄙㄜ

▶發「ㄏ（輕聲）」。

食物	行駛
Nah ∣ rung	**fah ∣ ren**
ㄋㄚ　ㄏㄨㄥ	ㄈㄚ　ㄏㄣ

聆聽發音

▶發「ㄜ（輕聲）」。

先生 **Herr** ㄏㄝㄜ	教堂 **Kir | che** ㄎㄧㄜ ㄒㄧㄜ

▶r 在子音的後面時，發音「ㄏ」要發得很清楚，例如：
tr-, dr-, br-, kr-, pr-。

德勒斯登 **Dres | den** ㄉㄏㄝㄙ ㄉㄣ	布萊梅 **Bre | men** ㄅㄏㄝ ㄇㄣ

·········· 發音練習 ··········

rein 純的 **rein** ㄏㄞㄧㄣ	bewahren 保護 **be | wah | ren** ㄅㄜ ㄈㄚ ㄏㄣ	Brief 信件 **Brief** ㄅㄏㄧㄈ

試試看

Risiko 冒險 **Ri | si | ko**	Rede 說話 **Re | de**	Radio 收音機 **Ra | dio**
trinken 喝 **trin | ken**	Ecker 橡樹子 **E | cker**	Gorilla 大猩猩 **Go | ri | lla**

Jurist
法律學家
Ju | rist

Muster
樣品
Mus | ter

Kardinal
紅衣主教
Kar | di | nal

補充 ▶ r 在開頭或開頭子音的後面時，發音盡量要清楚。

俄羅斯	喝
Russland	**trinken**
ㄏㄨㄙㄌㄢㄊ	ㄊㄏㄧㄣㄎㄣ

······ 會話練習 ······

Hallo, ich bin Anna. Bist du Deutscher?
你好，我是安娜。你是德國人嗎？

Ha	llo	ich	bin	A	nna
ㄏㄚ	ㄌㄛ	ㄧㄒㄧ	ㄅㄧㄣ	ㄚ	ㄋㄚ

Bist	du	Deu	tscher
ㄅㄧㄙㄊ	ㄉㄨ	ㄉㄛㄧ	ㄑㄩㄝㄜ

Ja, ich bin Deutscher. Und du? Aus Japan?
是，我是德國人。你呢？來自日本嗎？

Ja	ich	bin	Deu	tscher
ㄧㄚ	ㄧㄒㄧ	ㄅㄧㄣ	ㄉㄛㄧ	ㄑㄩㄝㄜ

Und	du	Aus	Ja	pan
ㄨㄣㄊ	ㄉㄨ	ㄠㄨㄙ	ㄧㄚ	ㄆㄢ

聆聽發音

Nein, ich komme aus Taiwan. Ich bin Taiwanerin. 不是，我來自台灣。我是台灣人。

Nein ich ko | mme aus Tai | wan
ㄋㄞㄧㄣ ㄧㄒㄧ ㄎㄛ   ㄇㄜ   ㄠㄨㄙ ㄊㄞㄧ   ㄈㄢ

Ich bin Tai | wa | ne | rin
ㄧㄒㄧ ㄅㄧㄣ ㄊㄞㄧ   ㄈㄚ   ㄋㄜ   ㄏㄧㄣ

補充　▶ r 在結尾或中間，r 發音用「ㄜ」輕輕帶過。

| 漢堡
Hamburg
ㄏㄢ(ㄇ)ㄅㄨㄜㄍ | 多特蒙德（西德城市）
Dortmund
ㄅㄛㄜㄊㄇㄨㄥㄊ |

Notiz ....

S s

[es]

天鵝　**der Schwan**
ㄒㄩㄈㄤ

發音訣竅：
與注音符號「ㄝㄙ」相似。

發音規則

▶發「ㄙ」。

價格	牠
Preis	**es**
ㄆㄏㄞㄧㄙ	ㄝㄙ

▶發「ㄗ」。（相近似於英文 z）

夏天	閱讀
So | mmer	**le | sen**
ㄗㄛ　ㄇㄜ	ㄌㄝ　ㄗㄣ

小提示：如果 s 在母音前，或是在兩個母音中間，發音近似於英文 z

聆聽發音

補充 ▶ sp-，注音相似音：「ㄕㄅ」。

運動
Sport
ㄕㄅㄛㄜㄊ

小提示：sp- 後面若接母音，p 發「ㄅ」

▶ spr-，注音相似音：「ㄕㄆㄏ」。

語言
Sprache
ㄕㄆㄎㄚㄏㄜ

.... 發音練習 ....

Dienst	**Flosse**	**Staat**
職務	魚鰭	國家
Dienst	**Flo | sse**	**Staat**
ㄉㄧㄣㄙㄊ	ㄈㄌㄛ　ㄙㄜ	ㄕㄅㄚㄊ

試試看

springen	**Seismik**	**Stellung**
廢話	地震學	安排
spring | en	**Seis | mik**	**Ste | llung**
Dentist	**absaugen**	**bestehlen**
牙醫	吸去	偷竊
Den | tist	**ab | sau | gen**	**be | steh | len**

seit	Plast	Spitze
從……起	塑膠	頂點
seit	Plast	Spi | tze

補充 ▶ st-，注音相似音：「ㄕㄅ」。

城市
Stadt
ㄕㄅㄚㄊ

小提示：st- 後面若接母音，t 發「ㄅ」

▶ str-，注音相似音：「ㄕㄊㄏ」。

處罰
Strafe
ㄕㄊㄏㄚㄈㄜ

········ 會話練習 ········

Welche Sprachen sprechen Sie? 您會說哪一些語言？

Wel | che	Spra | chen	spre | chen	Sie
ㄈㄟㄅ ㄒㄧㄜ	ㄕㄆㄏㄚ ㄏㄣ	ㄕㄆㄏㄝ ㄒㄧㄢ	ㄙㄧ

聆聽發音

Ich kann Chinesisch, Deutsch, und ein bisschen Japanisch sprechen.　我會說中文、德文和一些些日文。

Ich **kann** **Chi | ne | sisch** **Deutsch**
ㄧㄒㄧ　ㄎㄤ　ㄏㄧ　ㄋㄝ　ㄙㄧㄒㄩ　ㄅㄛㄧㄑㄩ
und **ein** **biss | chen** **Ja | pa | nisch**
ㄨㄣㄊ　ㄌㄧㄣ　ㄅㄧㄙ　ㄒㄧㄢ　ㄧㄚ　ㄆㄚ　ㄋㄧㄒㄩ
spre | chen
ㄕㄆㄏㄝ　ㄒㄧㄢ

Oh, drei Sprachen. Super!　噢，三種語言。超讚！

Oh **drei** **Spra | chen** **Su | per**
ㆆ　ㄅㄏㄞ　ㄕㄆㄏㄚ　ㄏㄜㄣ　ㄙㄨ　ㄆㆤ

德文小知識

▶各國語言

你，會説那些語言？

德文	Deutsch	波蘭文	Polnisch
英文	Englisch	俄文	Russisch
義大利文	Italienlisch	日文	Japanisch
葡萄牙文	Portugiesisch	中文	Chinesisch
西班牙文	Spanisch	台語	Taiwanisch
法文	Französisch	韓文	Koreanisch

T t

[te]

老虎　**der Tiger**
　　　　 ㄊㄧ‧ㄍ‧ㄜ

·········· 嘴型 ··········

發音訣竅：
與注音符號「ㄊㄝ」相似。

·········· 發音規則 ··········

▶發「ㄊ」。

鴿子 **Taube** ㄊㄠㄨㄅㄜ	帽子 **Hut** ㄏㄨㄊ

補充　▶ dt，注音相似音：「ㄊ」。

城市 **Stadt** ㄕㄅㄚㄊ

聆聽發音

▶ th，注音相似音：「ㄊ」。

主題
Thema
ㄊㄝㄇㄚ

▶ tsch，注音相似音：「ㄑㄩ」。

德文 **Deu**tsch ㄉㄛ一 ㄑㄩ	再見 **Tschüss** ㄑㄩ ㄙ

發音練習

Partei 政黨 **Par｜tei** ㄆㄚ ㄜ ㄊㄞ一	**Mut** 勇氣 **Mut** ㄇㄩㄊ	**Telephon** 電話 **Te｜le｜phon** ㄊㄝ ㄌㄜ ㄈㄥ

試試看

Nation 民族 **Na｜tion**	**kalt** 冷的 **kalt**	**lichtblau** 淡藍色 **licht｜blau**
Mittwoch 星期三 **Mitt｜woch**	**mitklingen** 攜帶 **mit｜kling｜en**	**Theke** 櫃台 **The｜ke**

Inhalt	Gewitter	verwandt
內裝的東西	雷電	同族的
In | halt	Ge | wi | tter	ver | wandt

補充 ▶ tion，注音相似音：「ㄘㄧㄩㄥˋ」。

車站
Sta \| tion
ㄕㄉㄚ ㄘㄧㄩㄥˋ

會話練習

Wie spät ist es?　現在幾點了？

Wie　spät　ist　es
ㄈㄧ　ㄕㄅㄝㄊ　ㄧㄥㄊ　ㄝㄥ

Es ist 9:30 Uhr.　九點半。

Es　ist　neun　Uhr　drei \| ßig
ㄝㄥ　ㄧㄥㄊ　ㄋㄛㄧㄣ　ㄨㄜ　ㄉㄏㄞ ㄙㄧㄇㄧ ㄒㄧ

聆聽發音

Wie bitte? Bitte langsam. 什麼？請說慢一點。

Wie **bi｜tte** **Bi｜tte** **lang｜sam**
ㄈㄧ　ㄅㄧ　ㄊㄜ　ㄅㄧ　ㄊㄜ　ㄌㅤ　ㄙㅤㄇ

Es ist halb zehn. 現在九點半。

Es **ist** **halb** **zehn**
ㄝㄙ　ㄧㄙㄊ　ㄏㄚㄌㄅ　ㄘㄝㄣ

Oh, danke schön! 噢！謝謝你！

Oh **dan｜ke** **schön**
ㄜ　ㄉㅤ　ㄎㄜ　ㄒ(ㄩ)ㄣ

補充　▶ ts，注音相似音：「ㄘ」。

什麼也沒有
nichts
ㄋㄧㄒㄧㄘ

Uu

[u:]

雕鴞　**der Uhu**
ㄨ ㄏ ㄨ

‧‧‧‧‧‧‧‧‧‧‧‧‧‧‧‧ 嘴型 ‧‧‧‧‧‧‧‧‧‧‧‧‧‧‧‧

發音訣竅：
與注音符號「ㄨ」相似。

‧‧‧‧‧‧‧‧‧‧‧‧ 發音規則 ‧‧‧‧‧‧‧‧‧‧‧‧

長母音 | ❶ 母音 + h　　❷ 母音 + 一個子音

母牛 **Kuh** ㄎㄨ	接縫 **Fuge** ㄈㄨㄍㄜ

短母音 | ❶ 母音 + 兩個以上的子音　❷ 母音 + 兩個相同的子音

擦拭 **putzen** ㄆㄨ ㄘㄣ	堅果 **Nuss** ㄋㄨㄙ

聆聽發音

Kanu
獨木舟
Ka | nu
ㄎㄚ　ㄋㄨ

Natur
自然
Na | tur
ㄋㄚ　ㄊㄨㄜ

Flut
漲潮
Flut
ㄈㄌㄨㄊ

試試看

Umgang
迴廊
Um | gang

Fussel
細毛（棉織品上的）
Fu | ssel

Statut
法規
Sta | tut

tuscheln
竊竊私語
tu | scheln

undeutlich
不明白的
un | deut | lich

suchen
尋找
su | chen

neu
新的
neu

Erkundung
偵查
Er | kun | dung

Rettung
拯救
Re | ttung

會話練習

Was essen Sie gern? 您喜歡吃什麼？

Was　e | ssen　Sie　gern
ㄈㄚㄙ　ㄝ　ㄙㄣ　ㄙㄧ　ㄍㄧㄤㄣ

Ich esse gern Schokolade. Und was essen Sie gern? 我喜歡吃巧克力。那您喜歡吃什麼？

Ich e|sse gern Scho|ko|la|de
ㄧㄒㄧ ㄝ ㄙㄜ ㄍㄧㄤㄣ ㄒㄩㄛ ㄎㄛ ㄌㄚ ㄅㄜ
Und was e|ssen Sie gern
ㄨㄣㄊ ㄈㄚㄙ ㄝ ㄙㄣ ㄙㄧ ㄍㄧㄤㄣ

Mein Lieblingsessen ist Fleisch. Essen Sie gern Fleisch? 我最喜歡的食物是肉。您喜歡吃肉嗎？

Mein Lieb|lings|e|ssen ist Fleisch
ㄇㄞㄧㄣ ㄌㄧㄣ ㄌㄧㄥㄙ ㄝ ㄙㄣ ㄧㄙㄊ ㄈㄌㄞㄧㄒㄩ
E|ssen Sie gern Fleisch
ㄝ ㄙㄣ ㄙㄧ ㄍㄧㄤㄣ ㄈㄌㄞㄧㄒㄩ

Nein, nicht so gern. 不怎麼愛吃。

Nein nicht so gern
ㄋㄞㄧㄣ ㄋㄧㄒㄧㄤ ㄙㄛ ㄍㄧㄤㄣ

聆聽發音

德文小知識

▶最喜歡的～「Lieblings ＋名詞」
（兩個字中間以 s 來連接）

die Lieblingsfarbe　最喜歡的顏色。

die Lieblingsmusik　最喜歡的音樂。

德國文化知多少

　　布穀鳥鐘(Kuckucksuhr)來自德國黑森林地區，每到整點，時鐘上方的小門會打開，出現一隻報時的鳥發出「咕咕聲」，也稱作「咕咕鐘」。

　　世界最大的咕咕鐘就在黑森林的小鎮 Schonach im Schwarzwald，在外面可以欣賞咕咕聲，也能進去參觀運作中的全木造齒輪。

▲上圖為世界最大咕咕鐘
▼下圖為咕咕鐘內部齒輪

▪圖片來源：作者

V v

[fau]

鳥　der Vogel
ㄈㄛㄍㄜㄌ

· ·

發音訣竅：
與注音符號「ㄈㄠㄨ」相似。

· · · · · · · · · · · · · · · · · · 發音規則 · · · · · · · · · · · · · · · · · ·

▶發「ㄈ」。

父親	憲法
Va | ter	**Ver | fa | ssung**
ㄈㄚ　ㄊㄜ	ㄈㄟㄜ　ㄈㄚ　ㄙㄨㄥ

聆聽發音

德文小知識

▶家族稱謂

爺爺 / 外公	奶奶 / 外婆	祖父母
der Großvater	die Großmutter	die Großeltern
父親	母親	父母
der Vater	die Mutter	die Eltern
兒子	女兒	孩子
der Sohn	die Tochter	die Kinder
兄弟	姊妹	兄弟姊妹
der Bruder	die Schwester	die Geschwister
丈夫	妻子	夫妻
der Mann	die Frau	das Ehepaar
孫子	孫女	孫子、孫女
der Enkel	die Enkelin	das Enkelkind

叔 / 伯 / 舅	姨 / 姑 / 嬸
der Onkel	die Tante
表堂兄弟	表堂姊妹
der Cousin	die Cousine
岳父 / 公公	岳母 / 婆婆
der Schwiegervater	die Schwiegermutter
女婿	媳婦
der Schwiegersohn	die Schwiegertochter

Vatikan	Vanille	verfallen
梵蒂岡	香草	倒塌
Va | ti | kan	Va | ni | lle	ver | fa | llen
ㄈㄚ ㄊㄧ ㄎㄤ	ㄈㄚ ㄋㄧ ㄌㄜ	ㄈㄝㄜ ㄈㄚ ㄌㄣ

試試看

Vieh	bevor	Ovulation
家畜	在……以前	排卵
Vieh	be | vor	O | vu | la | tion

Verkehr	Villa	Vorsatz
交通	別墅	決心
Ver | kehr	Vi | lla	Vor | satz

Aviatik	Pavillon	Kavalier
航空學	涼亭	騎士
A | vi | a | tik	Pa | vi | llon	Ka | va | lier

Wer ist das? 這是誰？

Wer	ist	das
ㄈㄝㄜ	ㄧㄙㄊ	ㄉㄚㄙ

聆聽發音

Das ist mein Onkel. 這是我的叔叔。

Das ist mein On | kel
ㄅㄚㄙ　ㄧㄙㄊ　ㄇㄞㄧㄣ　ㄨㄥ　ㄎㄜㄉ

Ist das der Bruder von deinem Vater?
是你爸爸的兄弟嗎？

Ist das der Bru | der von
ㄧㄙㄊ　ㄅㄚㄙ　ㄉㄝㄜ　ㄅㄏㄨ　ㄉㄜ　ㄈㄥ
dei | nem Va | ter
ㄉㄞ　ㄋㄜㄣ(ㄇ)　ㄈㄚ　ㄊㄜ

Ja, das ist meines Vaters Bruder.
對，是我爸爸的弟弟。

Ja das ist mei | nes Va | ters
ㄧㄚ　ㄅㄚㄙ　ㄧㄙㄊ　ㄇㄞ　ㄋㄜㄙ　ㄈㄚ　ㄊㄜㄙ
Bru | der
ㄅㄏㄨ　ㄉㄜ

德文小知識

「這是誰的誰？」有兩種說法，例如「約翰的兒子」可說：

▶ Johns Sohn　（類似英文）
▶ der Sohn von John　（倒著說，介係詞需加 von）

W w

[ve]

雲　die Wolke
ㄈㄛㄌㄎㄜ

發音訣竅：
與注音符號「ㄈㄝ」相似。

發音規則

▶發「ㄈ」。

水 **Wa｜sser** ㄈㄚ　ㄙㄜ	證明 **Be｜weis** ㄅㄜ ㄈㄞㄥ

德文小知識

▶ W-Fragen 疑問詞
▶ Was 什麼，類似英文「What」。
　例：Was ist das?　這是什麼？

聆聽發音

▶ Wie 如何，類似英文「How」。

　例：Wie alt bist du?　你幾歲？

▶ Wo 哪裡（表來源、目的），類似英文「Where」。

　例：Wo wohnen Sie?　您住在哪裡？

▶ Woher 哪裡（詢問來自何處）。

　例：Woher kommt er?　他來自哪裡？

▶ Warum 為什麼，類似英文「Why」。

　例：Warum bist du traurig?　你為什麼難過？

▶ Wer 誰，類似英文「Who」。

　例：Wer ist das?　這是誰？

▶ Wann 何時，類似英文「When」。

　例：Wann lernst du Deutsch?　你何時學德文？

─────── 發音練習 ───────

wegen	Schwamm	Einwand
由於	海綿	反對
we | gen	Schwamm	Ein | wand
ㄈㄟ　ㄍㄣ	ㄒㄩㄈㄤ	ㄞㄅ　ㄈㄤㄊ

Wahl	Vorwand	Weisel
選擇	藉口	蜂王
Wahl	Vor | wand	Wei | sel

Wein	Lawine	geschwind
葡萄酒	雪崩	敏捷的
Wein	La | wi | ne	ge | schwind

Wetter	wissen	Witz
天氣	知道	笑話
We | tter	wi | ssen	Witz

會話練習

Was machst du morgen? 你明天要做什麼嗎？

Was	machst	du	mor | gen
ㄈㄚㄙ	ㄇㄚㄏㄙㄊ	ㄉㄨ	ㄇㄛㄜ　ㄍㄣ

聆聽發音

Morgen? Ich lerne Deutsch den ganzen Tag.
明天？我整天要上德文課。

Mor | gen　ich　ler | ne　Deutsch
ㄇㄛㄜ　ㄍㄣ　ㄧㄒㄧ　ㄌㄧㄤ　ㄋㄜ　ㄅㄛㄧㄑㄩ
den　gan | zen　Tag
ㄅㄝㄣ　ㄍㄤ　ㄘㄣ　ㄊㄚㄎ

Morgen gehe ich ins Kino.　我明天要去看電影。

Mor | gen　geh | e　ich　ins　Ki | no
ㄇㄛㄜ　ㄍㄣ　ㄍㄝ　ㄜ　ㄧㄒㄧ　ㄧㄣㄙ　ㄎㄧ　ㄋㄛ

Ach, schade.　唉，可惜。

Ach　scha | de
ㄚㄏ　ㄒㄩㄚ　ㄅㄜ

德文小知識

▶ lernen 規則動詞變化

人稱	單數		複數	
一	ich	lerne	wir	lernen
二	du	lernst	ihr	lernt
三	er / sie / es	lernt	sie / Sie	lernen

Ich　lerne　Deutsch.　我學德語。
ㄧㄒㄧ　ㄌㄧㄤㄋㄜ　ㄅㄛㄧㄑㄩ

X x

[iks]

木琴 **das Xylophon**
ㄎㄙㄩㄌㄛㄈㄥ

發音訣竅：
與注音符號「一ㄎㄙ」相似。

發音規則

▶發「ㄎㄙ」。

準則	計程車
Ma｜xi｜me	**Ta｜xi**
ㄇㄚ ㄎㄙㄧ ㄇㄜ	ㄊㄚ ㄎㄙㄧ

聆聽發音

發音練習

Hexe	X-Motor	Maximilian
女巫	X 型發動機	馬克希米利安（人名）
He｜xe	X｜Mo｜tor	Ma｜xi｜mi｜li｜an
ㄏㄝ ㄎㄥㄜ	ㄧㄎㄥ ㄇㄛ ㄊㄛ	ㄇㄚ ㄎㄥㄧ ㄇㄧ ㄌㄧ ㄤ

試試看

Haxe	Xanten	Xantia
豬肘子	克桑滕	桑蒂雅（人名）
Ha｜xe	Xan｜ten	Xan｜tia

北威州西北部一座城市

Xoanon	T-Rex	Max
木雕神像	霸王龍	馬克思
Xo｜a｜non	T｜Rex	Max

Box	Axion	Axt
信箱	原理	斧（長柄）
Box	A｜xion	Axt

Was machst du am Samstag? 你星期六做什麼？

Was	machst	du	am	Sam | stag
ㄈㄚㄙ	ㄇㄚㄏㄙㄊ	ㄉㄨ	ㄚㄣ(ㄇ)	ㄙㄤ ㄙㄊㄚㄎ

Am Samstag gehe ich vormittags tanzen.
我星期六早上要去跳舞。

Am	Sam | stag	geh | e	ich
ㄚㄣ(ㄇ)	ㄙㄤ(ㄇ) ㄙㄊㄚㄎ	ㄍㄝ ㄜ	一ㄒ一

vor | mi | ttags	tan | zen
ㄈㄛㄜ ㄇ一 ㄊㄚㄎㄙ	ㄊㄤ ㄘㄣ

Und am Freitag? 那星期五呢？

Und	am	Frei | tag
ㄨㄣㄊ	ㄚㄣ(ㄇ)	ㄈㄏㄞ一 ㄊㄚㄎ

Am Freitag gehe ich einkaufen. 星期五我要去逛街。

Am	Frei | tag	geh | e	ich
ㄚㄣ(ㄇ)	ㄈㄏㄞ一 ㄊㄚㄎ	ㄍㄟ ㄜ	一ㄒ一

ein | kau | fen
ㄞ一ㄣ ㄎㄠㄨ ㄈㄣ

聆聽發音

德文小知識

▶gehen + 原形動詞「去做 ~」

　Ich gehe einkaufen.　我要去購物。

▶可分離前綴動詞（指可以分開的動詞），重音要讀在前綴上，例如：

ab-, an-, auf-, aus-, ein-, fort-, heim-, her-, hin, mit-, nach-, nieder-, vor-, weg-, zu-, zurück-, zusammen-

▶在句子中，前綴詞則要放在句尾，例如：
aufstehen　起床
→ Wann steht ihr auf?　你何時要起床？

德國文化知多少

▶蘋果酒（Apfelwein）的故鄉：法蘭克福

　來到法蘭克福，一定要來嚐嚐當地的好滋味——蘋果酒。五百多年前，因葡萄欠收，酒釀的味道偏酸，影響整個生計，後來找到「蘋果」這種水果來代替葡萄釀酒，沒想到味道酸甜適合搭配主食，於是成了平民最愛的美食之一。

▪圖片來源：作者

Y y

[ypsilon]

氂牛　der/das Yak
ㄧㄚㄎ

發音訣竅：
與注音符號
「ㄩㄆㄇㄧㄉㄨㄥ」相似。

發音規則

▶發「ㄧ」。

瑜珈 **Yoga** ㄧㄛㄍㄚ	巴伐利亞邦 **Bayern** ㄅㄞㄧㄝㄜㄣ

▶發「ㄩ」。

模型 **Typ** ㄊㄩㄆ	分析 **Analyse** ㄚㄋㄚㄌㄩㄥㄜ

聆聽發音

補充	▶ y + 一個子音

長母音	匿名的 **anonym** ㄚㄋㄛㄋㄩㄣ(ㄇ)

短母音	▶ y+ 兩個子音以上

埃及
Ägypten
ㄝㄍㄩㄆㄊㄣ

⋯⋯⋯⋯ 發音練習 ⋯⋯⋯⋯

Xylose 木糖（化） Xy｜lo｜se ㄎㄙㄩ ㄌㄛ ㄙㄜ	**Ysop** 海索草 Y｜sop ㄧ ㄙㄛㄆ	**Dynamik** 動力學 Dy｜na｜mik ㄉㄩ ㄋㄚ ㄇㄧㄎ

試試看	**Hobby** 興趣 Ho｜bby	**Gymnastik** 體操 Gym｜na｜stik	**Symbol** 象徵 Sym｜bol
	Hypnose 催眠（狀態） Hyp｜no｜se	**Curry** 咖哩 Cu｜rry	**System** 系統 Sys｜tem

Olympiade	Hypothese	Yabber
奧林匹亞運動會	假設	談話
O|lym|pi|a|de	Hy|po|the|se	Ya|bber

會話練習

Schmecken die Spagetti gut? 義大利麵好吃嗎？

Schme\|cken die Spa\|ghe\|tti gut
ㄒㄩㄇㄟ ㄎㄣ ㄅㄧ ㄗㄅㄚ ㄍㄟ ㄊㄧ ㄍㄨㄊ

Ja, sehr lecker! Und wie schmeckt dir der Fisch?
很好吃！那魚肉味道如何？

Ja   sehr   lecker   Und   wie
ㄧㄚ ㄙㄝㄜ ㄌㄝㄎㄜ ㄨㄣㄊ ㄈㄧ
schmeckt   dir   der   Fisch
ㄒㄩㄇㄝㄎㄊ ㄅㄧㄜ ㄅㄝㄜ ㄈㄧㄒㄩ

Der schmeckt auch gut. 魚肉也很好吃。

Der   schmeckt   auch   gut
ㄅㄝㄜ ㄒㄩㄇㄝㄎㄊ ㄠㄨㄏ ㄍㄨㄊ

聆聽發音

Dieses Restaurant gefällt mir gut. 我喜歡這間餐廳。

Die | ses　Re | stau | rant　ge | fällt
ㄉㄧ　ㄙㄜㄙ　ㄏㄝ　ㄕㄊㄠㄨ　ㄏㄤㄊ　ㄍㄜ　ㄈㄝㄌㄊ
mir　gut
ㄇㄧㄜ　ㄍㄨㄊ

Notiz

Zz

[tset]

山羊 **die Ziege**
ㄘㄧㄍㄜ

嘴型

發音訣竅：
與注音符號「ㄘㄝㄊ」相似。

發音規則

▶發「ㄘ」。

時間	到
Zeit	**zu**
ㄘㄞㄧㄊ	ㄘㄨ

聆聽發音

德國文化知多少

　　鷹巢（Kehlsteinhaus）位於南德巴伐利亞邦（Berchtesgaden）附近的的阿爾卑斯山上，是希特勒屬下送給他的生日賀禮。上山有兩條路線可以選擇：一是從鷹巢停車場走山路到山頂；二是搭金色電梯到山頂。山頂上的風景美不勝收，到阿爾卑斯山遊玩時不妨特地來此地看看德國邊界的美景吧！

▲上圖為山頂上的鷹巢
▼下圖為奧地利邊境

▪ 圖片來源：作者

············· 發音練習 ·············

zusammen	Herz	Azeton
一起	海綿	丙酮
zu｜sa｜mmen	Herz	A｜ze｜ton
ㄘㄨ ㄙㄚ ㄇㄣ	ㄏㄜㄜㄘ	ㄚ ㄘㄝ ㄊㄨㄥ

Zimmer
房間
Zi | mmer

Dezember
十二月
De | zem | ber

zwanzig
20
zwan | zig

Ziege
母山羊
Zie | ge

Konstanz
康士坦茲
Kon | stanz

hetzen
追獵
he | tzen

Kanzlei
總理府
Kanz | lei

Neuzeit
現代
Neu | zeit

ganz
完全的
ganz

······ 會話練習 ······

Wo kann man die Fahrkarten bekommen?
哪裡可以買車票？

Wo   kann   man   die   Fahr | kar | ten
ㄈㄛ   ㄎㄤ   ㄇㄢ   ㄉㄧ   ㄈㄚㄜ ㄎㄚㄜ ㄊㄣ
be | ko | mmen
ㄅㄜ ㄎㄛ   ㄇㄣ

聆聽發音

Da stehen Automaten. Wohin gehen Sie?
那裡有自動售票機。您要去哪裡？

Da　steh | en　Au | to | ma | ten
ㄉㄚ　ㄕㄉㄝ　ㄣ　ㄠㄨ ㄊㄛ ㄇㄚ ㄊㄣ
Wo | hin　geh | en　Sie
ㄈㄛ ㄏㄧㄣ　ㄍㄝ　ㄣ　ㄙㄨㄧ

Ich gehe in die Bibliothek. 我到圖書館。

Ich　geh | e　in　die
ㄧㄒㄧ　ㄍㄝ ㄜ ㄧㄣ ㄉㄧ
Bib | li | o | thek
ㄅㄧㄅ ㄉㄧ ㄛ ㄊㄝㄎ

Die Bibliothek ist nicht weit von hier. Sie
können zu Fuß in 20 Minuten da sein.
圖書館離這裡不遠，走路 20 分鐘就能到了。

Die　Bib | li | o | thek　ist　nicht
ㄉㄧ　ㄅㄧㄅ ㄉㄧ ㄛ ㄊㄝㄎ　ㄧㄙㄊ ㄋㄧㄒㄧㄊ
weit　von　hier
ㄈㄞㄧㄊ　ㄈㄥ　ㄏㄧㄜ
Sie　kö | nnen　zu　Fuß　in　20
ㄙㄨㄧ　ㄎ(ㄩ)　ㄋㄣ　ㄘㄨ　ㄈㄨㄥ　ㄧㄣ
Mi | nu | ten　da　sein
ㄇㄧ ㄋㄨ ㄊㄣ ㄉㄚ ㄙㄞㄧㄣ

zwanzig
ㄘㄈㄤㄘㄧㄒㄧ

ß

[estset]

足球 **der Fußball**
ㄈㄨㄙㄅㄚㄌ

嘴型

發音訣竅：
與注音符號「せㄙㄘせㄊ」相似。
S+Z 的連讀

發音規則

▶發「ㄙ」。

堅果 **Nuß** ㄋㄨㄙ	熱的 **heiß** ㄏㄞㄧㄙ

聆聽發音

德文小知識

▶ ß 這個字母目前僅德文使用，可用 ss 替代。

▶ ß 與希臘字母 β 不同喔！

β

ß

希臘字母

筆畫尾端和左側直線是相連

德文字母

筆畫尾端和左側直線是不相連

發音練習

heißen	groß	maßlos
叫做	大的	過分的
hei｜ßen	groß	maß｜los
ㄏㄞ一　ㄙㄣ	ㄍㄏㄛㄙ	ㄇㄚㄙ　ㄌㄛㄙ

試試看

Fuß	Buße	Maße
腳	懺悔	大小
Fuß	Bu｜ße	Ma｜ße

außen	reißen	Straße
在外面 (adv.)	拉 / 撕	街道
au｜ßen	rei｜ßen	Stra｜ße

Neiße
尼斯河（德波邊界河）
Nei | ße

Preuß
普羅伊斯（姓氏）
Preuß

Roßlau
羅斯勞（城市）
Roß | lau

Wann stehst du auf? 你都幾點起床？

Wann	stehst	du	auf
ㄈ尢	ㄕㄉㄝㄙㄊ	ㄉㄨ	ㄠㄨㄈ

Ich stehe von Montag bis Freitag um sieben Uhr auf. Am Samstag und Sonntag stehe ich um neun Uhr auf.
我星期一到星期五都七點起床。星期六和星期日九點才起床。

Ich	steh | e	von	Mon | tag	bis
ㄧㄒㄧ	ㄕㄉㄝ ㄜ	ㄈㄥ	ㄇㄥ ㄊㄚㄎ	ㄅㄥㄙ

Frei | tag	um	sie | ben	Uhr	auf
ㄈㄏㄞㄧ ㄊㄚㄎ	ㄨㄣ(ㄇ)	ㄙㄧ ㄅㄣ	ㄨㄜ	ㄠㄨㄈ

Am	Sam | stag	und	Sonn | tag
ㄚㄣ(ㄇ)	ㄙㄤ(ㄇ) ㄙㄊㄚㄎ	ㄨㄣㄊ	ㄙㄛㄣ ㄊㄚㄎ

steh | e	ich	um	neun	Uhr	auf
ㄕㄉㄝ ㄜ	ㄧㄒㄧ	ㄨㄣ(ㄇ)	ㄋㄛㄧㄣ	ㄨㄜ	ㄠㄨㄈ

聆聽發音

Und was machst du am Wochenende?
你週末都在做什麼？

Und was machst du
ㄨㄣㄊ　ㄈㄚㄙ　ㄇㄚㄏㄙㄊ　ㄉㄨ
am Wo | chen | en | de
ㄚㄣ(ㄇ)　ㄈㄛ　ㄏㄣ　ㄝㄣ　ㄉㄜ

Am Sonntag gehe ich mit meinen Eltern wandern.
星期日我和我的爸媽去健行。

Am Sonn | tag geh | e ich mit
ㄚㄣ(ㄇ)　ㄙㄛㄣ　ㄊㄚㄎ　ㄍㄝ　ㄜ　ㄧㄒㄧ　ㄇㄧㄊ
mei | nen El | tern wan | dern
ㄇㄞㄧ　ㄋㄣ　ㄝㄌ　ㄊㄣ　ㄈㄤ　ㄉㄧㄤ

Notiz ....

Ä ä

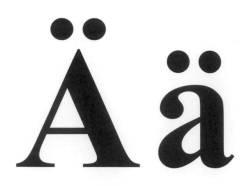

[ɛ:]

袋鼠　**das Känguru**
ㄎㄝㄣㄍㄨㄍㄨ

······ 嘴型 ······

發音訣竅：
與注音符號「ㄝ」相似。

······ 發音規則 ······

長母音	❶ 母音 + h	❷ 母音 + 一個子音
	母牛 **ähnlich** ㄝㄣㄎㄚ一ㄒㄧ	熊 **Bär** ㄅㄝㄜ

短母音	❶ 母音 + 兩個以上的子音	❷ 母音 + 兩個相同的子音
	男歌手 **Sänger** ㄙㄝㄥㄜ	潮濕 **Nässe** ㄋㄝㄙㄜ

聆聽發音

德文小知識

▶職業名詞大部分會分男女不同說法，大致分為三種變化：

❶ 把男性職業名詞後面 +in
例如：Sängerin（女歌手）、Lehrerin（女老師）

❷ 對母音做變化
例如：Ärztin（女醫師）、Köchin（女廚師）

❸ 不規則變化
例如：Hausmann（家庭主夫）、Hausfrau（家庭主婦）

小技巧：
不用死背單字，將規則記下，再將特例記起來就可以囉！

· 發音練習 ·

ähnlich	Nässe	Bäcker
相像的	潮濕	牛奶
ähn｜lich	Nä｜sse	Bä｜cker
ㄝㄣ　ㄌㄧ－ㄒㄧ－	ㄋㄝ　ㄙㄜ	ㄅㄝ　ㄎㄜ

試試看

mäßig	Bäume	Räude
適中	樹（複數）	獸疥癬
mä｜ßig	Bäu｜me	Räu｜de

lächeln
微笑
lä | cheln

spät
晚一點
spät

Äthiopien
衣索比亞（東非國家）
Ä | thi | o | pi | en

Sätze
句子（複數）
Sä | tze

äffen
模仿
ä | ffen

Mädchen
小女孩
Mäd | chen

········ 會話練習 ········

Hast du Haustiere? 你有養寵物嗎？

Hast　du　Haus | tie | re
ㄏㄚㄙㄊ　ㄅㄨ　ㄏㄠㄨㄙ　ㄊㄧㄜ　ㄏㄜ

Ja, ich habe einen Hund und eine Katze. Hast du auch Haustiere?
有，我有一隻狗和一隻貓。你也有養寵物嗎？

Ja　ich　ha | be　ei | nen　Hund
ㄧㄚ　ㄧㄒㄧ　ㄏㄚ　ㄅㄜ　ㄞ　ㄋㄣ　ㄏㄨㄣㄊ

und　ei | ne　Ka | tze
ㄨㄣㄊ　ㄞ　ㄋㄜ　ㄎㄚ　ㄘㄜ

Hast　du　auch　Haus | tie | re
ㄏㄚㄙㄊ　ㄅㄨ　ㄠㄨㄏ　ㄏㄠㄨㄙ　ㄊㄧㄜ　ㄏㄜ

聆聽發音

Nein, ich habe keine. 沒有，我沒有養任何寵物。

Nein　ich　ha｜be　kei｜ne
ㄋㄞˋㄣ　ㄧㄒㄧ　ㄏㄚ　ㄅㄜ　ㄎㄞㄧ　ㄋㄜ

德國文化知多少

　　你知道嗎？在德國養購狗是要繳稅喔！德國是狗稅（Hundesteuer）最貴的國家，單隻狗要繳 350 到 7000 歐元不等的金額。目前有四個國家有寵物稅：德國、荷蘭、芬蘭和中國，目的是為了降低流浪狗的數量，並且希望主人不要隨意棄養。

　　在德國養狗除了要繳稅金之外，還要幫牠們保險、入籍、體檢、散步還有上課，要是其中一項沒有遵守是要罰款的，最高罰 10000 歐元，相當於台幣 32 萬。

　　帶狗狗搭大眾交通工具必須買車票，看到很多德國人牽著狗一起搭車的話真的很驚喜。對德國人來說，狗就是一輩子陪伴在身邊的家人，學會對寵物負責，不任意棄養才是最重要的課題。

▪ 圖片來源：作者

Öö

[ø:]

植物油　**das Öl**
(ㄩ)ㄌ

‥‥‥‥‥‥‥‥‥‥‥ 嘴型 ‥‥‥‥‥‥‥‥‥‥‥

發音訣竅：
像含滷蛋發「ㄩ」的音。

發音似於「ㄛ」跟「ㄩ」的中間。
以下用（ㄩ）表示

‥‥‥‥‥‥‥‥‥‥‥ 發音規則 ‥‥‥‥‥‥‥‥‥‥‥

長母音

❶ 母音＋h

兒子（複數）
Söhne
ㄗ(ㄩ)ㄋㄜ

❷ 母音＋一個子音

漂亮的
schön
ㄒ(ㄩ)ㄣ

短母音

❶ 母音＋兩個以上的子音

聽取
abgehört
ㄚㄅㄍㄜㄏ(ㄩ)ㄜㄊ

❷ 母音＋兩個相同的子音

地獄
Hölle
ㄏ(ㄩ)ㄌㄜ

聆聽發音

❸ 子音＋子音＋母音

12
zwölf
ㄘㄈ(ㄩ)ㄌㄈ

▶一般英文鍵盤無法輸入 äöü 這三個字母，可以後面加「e」代替。

ä → ae　　　ö → oe　　　ü → ue

⋯⋯⋯⋯⋯⋯ 發音練習 ⋯⋯⋯⋯⋯⋯

Ölbild	Ökologie	Ölung
油畫	生態學	塗油
Öl | bild	Ö | ko | lo | gie	Ö | lung
(ㄩ)ㄌ ㄅㄧㄌㄊ	(ㄩ) ㄎㄛ ㄌㄛ ㄍㄧ	(ㄩ) ㄌㄨㄥ

試試看

fröhlich	Ökonomie	blöd
快樂的	節約	愚笨的
fröh | lich	Ö | ko | no | mie	blöd

mögen	Föhlichkeit	völlig
可能	格式	完全的
mö | gen	Föh | lich | keit	vö | llig

Wölbung	gönnen	förmlich
拱形	賞賜	按照格式的
Wöl | bung	gö | nnen	förm | lich

補充 ▶ -keit，注音相似音：「ㄎㄞㄧㄊ」。

永恆	節制 / 中等
E | wig | keit	Mä | ßig | keit
ㄝ ㄈㄧㄒㄧ ㄎㄞㄧㄊ	ㄇㄝ ㄙㄧㄒㄧ ㄎㄞㄧㄊ

······ 會話練習 ······

Wie ist das Wetter heute? 今天天氣如何？

Wie	ist	das	We | tter	heu | te
ㄈㄧ	ㄧㄙㄊ	ㄅㄚㄙ	ㄈㄝ ㄊㄜ	ㄏㄛㄧ ㄊㄜ

Es regnet und ein bisschen kalt. 下雨而且有點冷。

Es	reg | net	und
ㄝㄙ	ㄏㄝㄍ ㄋㄝㄊ	ㄨㄣㄊ

ein	biss | chen	kalt
ㄞㄧㄣ	ㄅㄧㄙ ㄒㄧㄢ	ㄎㄚㄌㄊ

聆聽發音

Und wie ist das Wetter morgen? 那明天天氣如何？

Und wie ist das We | tter
ㄨㄣㄊ　ㄈㄧ　ㄧㄥㄊ　ㄅㄚㄙ　ㄈㄝ　ㄊㄜ
mor | gen
ㄇㄛㄜ　ㄍㄣ

Es ist schön. 非常好。

Es ist schön
ㄝㄙ　ㄧㄥㄊ　ㄒ(ㄩ)ㄣ

補充　▶ 說明天氣要用虛主詞「es」。
▶ Es ist warm. 天氣很溫暖。
▶ Es ist windig. 風很大。
▶ Es regnet. 下雨了。
▶ Es schneit. 下雪了。

Ü ü

[y:]

香水　**das Parfüm**
ㄆㄚㄈㄩㄣ(ㄇ)

發音訣竅：
與注音符號「ㄩ」相似。

發音規則

長母音	❶ 母音 + h	❷ 母音 + 一個子音
	稱讚 **rühmen** ㄏㄩㄇㄣ	練習 **üben** ㄩㄅㄣ

短母音	❶ 母音 + 兩個以上的子音	❷ 母音 + 兩個相同的子音
	長絨織品 **Plüsch** ㄆㄉㄩㄒㄩ	薄的 **dünn** ㄉㄩㄣ

聆聽發音

德國文化知多少

▶香腸Wurst（複數Würste）

我們都聽過德國香腸，但知道整個德國有多少種類的香腸嗎？號稱香腸王國的德國居然有超過1500種的香腸呢！

每個城市都有自己獨特的味道跟吃法，有烤的（Bratwurst）、燉的（Brühwurst）、生的（Rohwurst）、熟的（Kochwurst）等等，最著名的有咖哩香腸（Curry Wurst）、巴伐利亞香腸（Weißwurst）、紐倫堡香腸（Nürnberger Bratwurst）、法蘭克福香腸（Frankfurter Wurst）、血腸（Blutwurst）、豬肝腸（Leberwurst）、長獵人香腸（Landjäger）等等。有機會去德國一定要去吃具有地區特色的香腸！

▪圖片來源：作者

· · · · · · · · · · · · · 發音練習 · · · · · · · · · · · · ·

Glück	über	Stück
幸運	在⋯⋯之上	塊／片
Glück	ü｜ber	Stück
ㄍㄌㄩㄎ	ㄩ　ㄅㄜ	ㄕㄉㄩㄎ

試試看

dünn	Zündung	süß
薄的	火星塞	愚笨的
dünn	Zün｜dung	süß

stützen	Würde	wüten
支持	尊嚴	發怒
stü｜tzen	Wür｜de	wü｜ten

übel	anbrühen	Mühle
壞的	泡茶	磨坊
ü｜bel	an｜brüh｜en	Müh｜le

········· 會話練習 ·························

Was studierst du? 你大學念什麼科系？

Was　　stu｜di｜erst　du
ㄈㄚㄙ　ㄗㄉㄨ　ㄉ一　ㄜㄙㄊ　ㄉㄨ

Ich studiere Musik. Und du? 我念音樂系。你呢？

Ich　　stu｜die｜re　　Mu｜sik
一ㄒ一　ㄗㄉㄨ　ㄉ一ㄜ　ㄏㄜ　　ㄇㄨ　ㄗ一ㄎ
Und　　du
ㄨㄣㄊ　ㄉㄨ

聆聽發音

Ich studiere Maschinenbau. Wie lange bist du schon hier?
我唸機械製造。你來這裡多久了？

Ich stu｜die｜re Ma｜schi｜nen｜bau
ㄧㄒㄧ ㄕㄉㄨ ㄅㄧㄜ ㄏㄜ ㄇㄚ ㄒㄩ ㄋㄣ ㄅㄠㄨ
Wie lang｜e bist du schon hier
ㄈㄧ ㄌㄤ ㄜ ㄅㄧㄥㄊ ㄉㄨ ㄒㄩㄥ ㄏㄧㄜ

Zwei Jahre bin ich hier 我來兩年了。

Zwei Jah｜re bin ich hier
ㄘㄈㄞ一 一ㄚ ㄏㄜ ㄅㄧㄣ 一ㄒㄧ ㄏㄧㄜ

德國文化知多少

　　學了德語之後，如果想要加快進步速度，可以到德國找一間語言學校念短期課程。除了增加德語能力之外，還可以到當地感受德語環境，以及體會當地的人文風情。

▲海德堡語言班外面　　　▲海德堡語言班內部

▪圖片來源：作者

常用字彙與
生活用語

- 天（時段）
- 問候
- 季節
- 月份
- 星期
- 數字倒著說
- 時間

▶ Tagezeiten
ㄊㄚㄍㄜㄘㄞㄧㄊㄣ

早上
der Morgen
ㄅㄜㄜ　ㄇㄛㄜㄍㄣ

午前
der Vormittag
ㄅㄜㄜ　ㄈㄛㄜㄇㄧㄊㄚㄎ

正午
der Mittag
ㄅㄜㄜ　ㄇㄧㄊㄚㄎ

下午
der Nachmittag
ㄅㄜㄜ　ㄋㄚㄏㄇㄧㄊㄚㄎ

傍晚、晚上
der Abend
ㄅㄜㄜ　ㄚㄅㄜㄣㄊ

夜晚
die Nacht
ㄅㄧ　ㄋㄚㄏㄊ

問候

▶ Begrüßung
ㄅㄜㄍㄏㄩㄙㄨㄥ

早安！
（凌晨到早上 11 點）
Guten Morgen!
ㄍㄨㄊㄣ　ㄇㄛㄜㄍㄣ

日安
（早上 11 點到晚上 6 點）
Guten Tag!
ㄍㄨㄊㄣ　ㄊㄚㄎ

晚上好
（晚上 6 點到睡覺前）
Guten Abend!
ㄍㄨㄊㄣ　ㄚㄅㄜㄣㄊ

晚安
Gute Nacht!
ㄍㄨㄊㄛ　ㄋㄚㄏㄊ

 聆聽發音

季節 ▶ Jahreszeiten
ㄧㄚㄏㄜㄥㄘㄞㄧㄊㄣ

春天
der Frühling
ㄅㄝㄜ ㄈㄏㄩ ㄌㄧㄥ

夏天
der Sommer
ㄅㄝㄜ 　ㄗㄛㄇㄜ

秋天
der Herbst
ㄅㄝㄜ ㄏㄝㄜㄅㄙㄊ

冬天
der Winter
ㄅㄝㄜ ㄈㄧㄣㄊㄜ

 月份 ▶ Monate
ㄇㄛㄋㄚㄊㄜ

一月
der Januar
ㄅㄝㄜ ㄧㄚㄋㄨㄚ

二月
der Februar
ㄅㄝㄜ ㄈㄝㄅㄏㄨㄚ

三月
der März
ㄅㄝㄜ ㄇㄝㄜㄘ

四月
der April
ㄅㄝㄜ ㄚㄆㄏㄧㄌ

五月
der Mai
ㄅㄝㄜ ㄇㄞ

六月
der Juni
ㄅㄝㄜ ㄧㄩㄨ ㄋㄧ

七月
der Juli
ㄅㄝㄜ ㄧㄩㄨㄌㄧ

八月
der August
ㄅㄝㄜ ㄠㄨㄍㄨㄙㄊ

九月
der September
ㄅㄝㄜ ㄙㄝㄆㄊㄝㄣ(ㄇ)ㄅㄜ

十月
der Oktober
ㄅㄝㄜ ㄛㄎㄊㄛㄅㄣ

十一月
der November
ㄅㄝㄜㄋㄛㄈㄝㄣ(ㄇ)ㄅㄜ

十二月
der Dezember
ㄅㄝㄜ ㄉㄧㄘㄝㄣ(ㄇ)ㄅㄜ

星期一
der Montag
ㄅㄝㄜ ㄇㆲㄥㄊㄚㄎ

星期二
der Dienstag
ㄅㄝㄜ ㄉㄧㄥㄙㄊㄚㄎ

星期三
der Mittwoch
ㄅㄝㄜ ㄇㄧㄊㆺㆦㄏ

星期四
der Donnerstag
ㄅㄝㄜ ㄉㆦㄋㄜㄙㄊㄚㄎ

星期五
der Freitag
ㄅㄝㄜ ㄈㄏㄞㄧㄊㄚㄎ

星期六
der Samstag
ㄅㄝㄜ ㄙㄢ(ㄇ)ㄙㄊㄚㄎ

星期日
der Sonntag
ㄅㄝㄜ ㄙㄨㄥㄊㄚㄎ

聆聽發音

數字倒著說 ▶ Zahlen
ㄘㄚ ㄌㄣ

1	2	3	4
eins	**zwei**	**drei**	**vier**
ㄞˉㄣㄙ	ㄘㄛㄞˉ	ㄉㄏㄞˉ	ㄈㄧㄜ

5	6	7	8
fünf	**sechs**	**sieben**	**acht**
ㄈㄩㄣㄈ	ㄙㄝㄎㄙ	ㄐㄧˉㄅㄣ	ㄚㄏㄊ

9	10	11	12
neun	**zehn**	**elf**	**zwölf**
ㄋㄛㄧˉㄣ	ㄘㄝㄣ	ㄝㄌㄈ	ㄘㄛ(ㄩ)ㄌㄈ

口訣 ▶ 3~9 + -zehn

13	14	15
dreizehn	**vierzehn**	**fünfzehn**
ㄉㄏㄞˉㄧㄘㄝㄣ	ㄈㄧㄜㄘㄝㄣ	ㄈㄩㄣㄈㄘㄝㄣ

16	17	18
sechzehn	**siebzehn**	**achtzehn**
ㄙㄝㄎㄘㄝㄣ	ㄐㄧˉㄅㄘㄝㄣ	ㄚㄏㄘㄝㄣ

19	
neunzehn	
ㄋㄛㄧˉㄣㄘㄝㄣ	

小叮嚀 ▶ 16 不是 sechszehn，而是 sechzehn，少一個 s。
▶ 17 不是 siebenzehn，而是 siebzehn，少 en。

20	30	40
zwanzig	**dreißig**	**vierzig**
ㄘㄈㄤ ㄘㄧㄒㄧ	ㄉㄏㄞㄧㄙㄒㄧ	ㄈㄧㄜㄘㄧㄒㄧ

50	60	70
fünfzig	**sechzig**	**siebzig**
ㄈㄩㄣㄈㄘㄧㄒㄧ	ㄙㄝㄎㄘㄧㄒㄧ	ㄗㄧㄅㄘㄧㄒㄧ

80	90
achtzig	**neunzig**
ㄚㄏㄎㄧㄒㄧ	ㄋㄜㄧㄣㄎㄧㄒㄧ

口訣 ▶ 1~9 + und + 20~90 （數字 20 以後須加 und）

22
zweiundzwanzig

2 + 20

小叮嚀 ▶ 記得數字是倒著念喔！

35 → 5+30
fünfunddreißig
ㄈㄩㄣㄈㄨㄣㄊㄉㄏㄞ ㄇㄨㄒㄧ

48 → 8+40
achtundvierzig
ㄚㄏㄊ ㄨㄣㄊㄈㄧㄜㄘㄧㄒ

82 → 2+80
zweiundachtzig
ㄘㄈㄞㄧㄨㄣㄊㄚㄏㄎㄧㄒㄧ

67 → 7+60
siebenundsechzig
ㄗㄧㄅㄣ ㄨㄣㄊㄙㄝㄎ ㄎㄧㄒㄧ

聆聽發音

64 → 4+60
vierundsechzig
ㄈㄧㄜㄨㄣㄊ ㄙㄝㄎㄊㄘㄧㄒㄧ

66 → 6+60
sechsundsechzig
ㄙㄝㄎㄙ ㄨㄣㄊ ㄙㄝㄎㄊㄘㄧㄒㄧ

99 → 9+90
neununddneunzig
ㄋㄛㄧㄣㄨㄣㄊ ㄋㄛㄧㄣㄣㄘㄧㄒㄧ

小叮嚀 ▶ 兩位數的個位數若是數字 1，不用額外再加 s。

21
einundzwanzig
ㄞㄧㄣ ㄨㄣㄊ ㄘㄈㄤㄘㄧㄒㄧ

31
einunddreißig
ㄞㄧㄣ ㄨㄣㄊ ㄉㄏㄞㄇㄧㄒㄧ

41
einundvierzig
ㄞㄧㄣ ㄨㄣㄊ ㄈㄧㄜㄘㄧㄒㄧ

51
einundfünfzig
ㄞㄧㄣ ㄨㄣㄊ ㄈㄩㄣㄈㄘㄧㄒㄧ

61
einundsechzig
ㄞㄧㄣ ㄨㄣㄊ ㄙㄝㄎㄊㄘㄧㄒㄧ

71
einundsiebzig
ㄞㄧㄣ ㄨㄣㄊ ㄗㄧㄣㄘㄧㄒㄧ

81
einundachtzig
ㄞㄧㄣ ㄨㄣㄊ ㄚㄏㄊㄘㄧㄒㄧ

91
einundneunzig
ㄞㄧㄣ ㄨㄣㄊ ㄋㄛㄧㄣㄣㄘㄧㄒㄧ

100
hundert
ㄏㄨㄣㄉㄜㄊ

1,000
tausend
ㄊㄠㄨ ㄗㄣㄊ

1,000,000
die Million
ㄉㄧ ㄇㄧㄌㄧㄛㄥ

十億
die Milliarde
ㄉㄧ ㄇㄧㄌㄧㄚㄉㄜ

一兆
die Billion
ㄉㄧ ㄅㄧㄌㄧㄛㄥ

百兆
die Billiarde
ㄉㄧ ㄅㄧㄌㄧㄚㄉㄜ

254 → 200+4+50

zweihundertvierundfünfzig
ㄘㄈㄞー ㄏㄨㄣㄉㄜㄊ ㄈーㄜ ㄨㄣㄊ ㄈㄩㄣㄈㄘーㄒー

199 → 100+9+90

einhundertneunundneunzig
ㄞーㄣ ㄏㄨㄣㄉㄜㄊ ㄋㄛーㄣ ㄨㄣㄊ ㄋㄛーㄣㄘーㄒー

1,234

eintausendzweihundertvierunddreißig
ㄞーㄣㄊㄠㄨㄚㄣㄜㄘㄈㄞーㄏㄨㄣㄉㄜㄊ ㄈーㄜㄨㄣㄊㄉㄏㄞーㄙーㄒー

7,788

siebentausendsieben-
ㄕーㄅㄣ ㄊㄠㄨㄚㄣㄊ ㄕーㄅㄣ

hundertachtundachtzig
ㄏㄨㄣㄉㄜㄊ ㄚㄏㄊㄨㄣㄊㄚㄏㄘーㄒー

23,973

dreiundzwanzigtausendneun-
ㄉㄏㄞーㄨㄣㄊㄘㄈㄤㄘーㄒーㄊㄠㄨㄚㄣㄊ ㄋㄛーㄣ

hundertdreiundsiebzig
ㄏㄨㄣㄉㄜㄊ ㄉㄏㄞーㄨㄣㄊㄕーㄅㄘーㄒー

638,000

sechshundertachtunddreißigtausend
ㄙㄝㄎㄙ ㄏㄨㄣㄉㄜㄊ　　　　　　ㄊㄠㄨㄚㄣㄊ
ㄚㄏㄊㄨㄣㄊㄉㄏㄞーㄙーㄒー

聆聽發音

1,649,287

eine Million-
ㄞ一ㄋㄜ　ㄇ一ㄉㄚㄛㄥ

sechshundertneunundvierzigtausend-
ㄙㄝㄎㄙ ㄏㄨㄣㄉㄜㄊ　　　　　　　ㄊㄠㄨㄚㄣㄊ
ㄋㄛ一ㄣㄨㄣㄊㄈ一ㄜㄘ一Tー

zweihundertsiebenundachtzig
ㄘㄈㄞ一ㄏㄨㄣㄉㄜㄊ　ㄗ一ㄅㄣㄨㄣㄊㄚㄏㄊ一Tー

8,943,271,993

acht Milliarden-
ㄚㄏㄊ　　　ㄇ一ㄉ一ㄚㄉㄣ

neunhundertdreiundvierzig-
ㄋㄛ一ㄣ ㄏㄨㄣㄉㄜㄊ ㄉㄏㄞ一ㄨㄣㄊㄈ一ㄜㄘ一Tー

Millionen-
ㄇ一ㄉ一ㄛㄥㄋㄣ

zweihunderteinundsiebzigtausend-
ㄘㄈㄞ一 ㄏㄨㄣㄉㄜㄊ　　　　　　ㄊㄠㄨㄚㄣㄊ
ㄞ一ㄣㄨㄣㄊㄗ一ㄅㄘ一Tー

neunhundertdreiundneunzig
ㄋㄛ一ㄣ ㄏㄨㄣㄉㄜㄊ ㄉㄏㄞ一ㄨㄣㄊㄋㄛ一ㄣㄘ一Tー

小叮嚀 ▶❶ 0~999,999 德文必須連著寫。
❷百萬、十億、兆、百兆要單獨寫出來，表示一個單位時要用 eine，例如：十億 eine Milliarde。超過一個單位以上要用複數，例如：二十億 zwei Milliarden。
❸口述電話號碼時，以兩個數字爲一組來報號碼。
例如：12 57 38 29 。
zwölf-siebenundfünfzig-achtunddreißig-neununddzwanzig

1988
neunzehnhundertachtundachtzig
ㄋㄛㄧㄣㄎㄝㄣ ㄏㄨㄣㄉㄜㄊ ㄚㄏㄨㄣㄊㄚㄏㄊㄧㄒㄧ

2021
zweitausendeinundzwanzig
ㄘㄈㄞㄧㄊㄠㄨㄗㄣㄊ ㄞㄧㄣㄨㄣㄊㄘㄈㄤㄊㄧㄒㄧ

2004
zweitausendvier
ㄘㄈㄞㄧㄊㄠㄨㄗㄣㄊ ㄈㄧㄜ

2019
zweitausendneunzehn
ㄘㄈㄞㄧㄊㄠㄨㄗㄣㄊ ㄋㄛㄧㄣㄎㄝㄣ

時間 ▶ die Uhrzeit
ㄅㄧ ㄨ ㄜ ㄘ ㄞㄧㄊ

時間 **die Uhrzeit** ㄅㄧ ㄨㄜㄘㄞㄧㄊ	鐘點 **die Uhr** ㄅㄧ ㄨㄜ	一刻 / 四分之一 **das Viertel** ㄅㄚㄙ ㄈㄧㄜㄊㄜㄅ
半 **halb** ㄏㄚㄅㄣ	（介係詞）在……之前 **vor** ㄈㄛㄜ	（介係詞）在……之後 **nach** ㄋㄚㄏ

聆聽發音

小時　　　　　　分鐘　　　　　　　秒
die Stunde　　**die Minute**　　**die Sekunde**
ㄉㄧ　ㄕㄉㄨㄣㄉㄜ　　ㄉㄧ　ㄇㄧㄋㄨㄊㄜ　　ㄉㄧ　ㄙㄝㄎㄨㄣㄉㄜ

小叮嚀　▶❶德語有三個表示時間方式：整點、幾點幾分、半小時。
❷可用 12 時制或 24 時制的方式。
❸德語時間寫法：zehn vor neun (08.50)。

▶表示時間的主詞是"es"

Es ist sechs Uhr zehn.
ㄝㄙ　ㄧㄙㄊ　ㄙㄝㄎㄙ　　ㄨㄜ　　ㄘㄝㄋ
現在六點十分。

▶詢問現在幾點

A: Wie spät ist es?
ㄈㄧ　ㄕㄅㄝㄊ ㄧㄙㄊ ㄝㄙ
現在幾點了？

B: Es ist sieben (Uhr).
ㄝㄙ　ㄧㄙㄊ　ㄒㄧㄅㄣ　　（ㄨㄜ）
現在七點。

A: Wie viel Uhr ist es?

ㄷㄧ　ㄷㄧㄦ　ㄨㄜ　ㄧㄙㄊ　ㄝㄙ

現在幾點了？

B: Es ist zehn vor zehn.

ㄝㄙ　ㄧㄙㄊ　ㄘㄟㄣ　ㄈㄛㄜ　ㄘㄟㄣ

現在 9:50。

▶ **Offiziel 正式說法**
（報時、火車出發與抵達時間、電台時間等等）

小時 ＋ Uhr ＋分鐘

07.00
sieben Uhr
ㄗㄧㄅㄣ　ㄨㄜ

07.05
sieben Uhr fünf
ㄗㄧㄅㄣ　ㄨㄜ　ㄈㄩㄣㄈ

07.10
sieben Uhr zehn
ㄗㄧㄅㄣ　ㄨㄜ　ㄘㄟㄣ

07.15
sieben Uhr fünfzehn
ㄗㄧㄅㄣ　ㄨㄜ　ㄈㄩㄣㄈㄘㄟㄣ

07.20
sieben Uhr zwanzig
ㄗㄧㄅㄣ　ㄨㄜ　ㄘㄈㄤㄘㄧㄒㄧ

07.25
sieben Uhr fünfundzwanzig
ㄗㄧㄅㄣ　ㄨㄜ　ㄈㄩㄣㄈㄨㄣㄊㄘㄈㄤㄘㄧㄒㄧ

07.28
sieben Uhr achtundzwanzig
ㄗㄧㄅㄣ　ㄨㄜ　ㄚㄏㄊㄨㄣㄊㄘㄈㄤㄘㄧㄒㄧ

聆聽發音

07.30
sieben Uhr dreißig
ㄕㄧㄅㄣ　ㄨㄜ　ㄉㄏㄞㄇㄧ一Ｔㄧ

07.32
sieben Uhr zweiunddreißig
ㄕㄧㄅㄣ　ㄨㄜ　ㄘㄈㄞㄧㄨㄣㄊㄉㄏㄞㄇㄧ一Ｔㄧ

07.35
sieben Uhr fünfunddreißig
ㄕㄧㄅㄣ　ㄨㄜ　ㄈㄩㄣㄈㄨㄣㄊㄉㄏㄞㄇㄧ一Ｔㄧ

07.45
sieben Uhr fünfundvierzig
ㄕㄧㄅㄣ　ㄨㄜ　ㄈㄩㄣㄈㄨㄣㄊㄈ一ㄜㄘㄧ一Ｔㄧ

07.55
sieben Uhr fünfundfünfzig
ㄕㄧㄅㄣ　ㄨㄜ　ㄈㄩㄣㄈㄨㄣㄊㄈㄩㄣㄈㄘㄧ一Ｔㄧ

▶ **Inoffiziell 口語說法，表示時間的用字**

分針走到橙色
的部分用 vor

halb

分針走到白色的
部分用 nach

Viertel

七點整

sieben （Uhr）

ㄕㄧㄅㄣ　ㄨㄜ

七點又過了五分鐘

fünf nach sieben

ㄈㄩㄣㄈ ㄋㄚㄏ　ㄕㄧㄅㄣ

七點又過了十分鐘

zehn nach sieben

ㄘㄝㄣ　ㄋㄚㄏ　ㄕㄧㄅㄣ

❶ 七點又過了二十分鐘

zwanzig nach sieben

ㄘㄈㄤㄘㄧㄧ　ㄋㄚㄏ　ㄕㄧㄅㄣ

❷ 差十分到七點半

zehn vor halb acht

ㄘㄝㄣ　ㄈㄛㄜㄏㄚㄌㄅ ㄚㄏㄊ

❶ 七點又過了二十五分鐘

fünfundzwanzig nach sieben

ㄈㄩㄣㄈㄨㄣㄊㄘㄈㄤㄘㄧㄧ　ㄋㄚㄏ　ㄕㄧㄅㄣ

❷ 差五分到七點半

fünf vor halb acht

ㄈㄩㄣㄈㄈㄛㄜㄏㄚㄌㄅ ㄚㄏㄊ

聆聽發音

差兩分到七點半

zwei vor halb acht

ㄘㄈㄞ一 ㄈㄛㄜㄏㄚㄌㄅ ㄚㄏㄊ

七點半

halb acht

ㄏㄚㄌㄅ ㄚㄏㄊ

七點半又過了兩分鐘

zwei nach halb acht

ㄘㄈㄞ一 ㄋㄚㄏ ㄏㄚㄌㄅ ㄚㄏㄊ

七點半又過了五分鐘

fünf nach halb acht

ㄈㄩㄣㄈ ㄋㄚㄏ ㄏㄚㄌㄅ ㄚㄏㄊ

差一刻到八點

Viertel vor acht

ㄈ一ㄜㄊㄜㄌ ㄈㄛㄜ ㄚㄏㄊ

差五分到八點

fünf vor acht

ㄈㄩㄣㄈ ㄈㄛㄜ ㄚㄏㄊ

Notiz

發音練習解答

Aa

das ㄉㄚㄙ	**Dame** ㄉㄚㄇㄜ	**lachen** ㄌㄚㄏㄣ
Abend ㄚㄅㄝㄣㄊ	**haben** ㄏㄚㄅㄣ	**Flagge** ㄈㄌㄚㄍㄜ
Tag ㄊㄚㄎ	**Yoga** ㄧㄛㄍㄚ	**alt** ㄚㄌㄊ

Bb

Bildung ㄅㄧㄌ ㄉㄨㄥ	**blau** ㄅㄌㄠㄨ	**Bluse** ㄅㄌㄨ ㄙㄜ
Bohne ㄅㄛ ㄋㄜ	**Buch** ㄅㄨㄏ	**bitte** ㄅㄧ ㄊㄜ
geben ㄍㄝ ㄅㄣ	**Ball** ㄅㄚㄌ	**ab** ㄚㄆ

Cc

Fuchs
ㄈㄨㄎㄙ

Chef
ㄒㄩㄝㄈ

China
ㄏㄧˊㄋㄚ

circa
ㄘㄧㄝㄎㄚ

Colt
ㄎㄛㄌㄊ

Chip
ㄑㄩㄧㄆ

Dd

der
ㄉㄝㄜ

Dach
ㄉㄚㄏ

Dusel
ㄉㄨㄙㄜㄉ

Benda
ㄅㄝㄅㄉㄚ

leiden
ㄌㄞㄧㄉㄅ

Fulda
ㄈㄨㄉㄉㄚ

Deutsch
ㄉㄛㄧㄑㄩ

Mund
ㄇㄨㄅㄊ

Hand
ㄏㄢㄊ

Ee

der
ㄉㄝㄜ

Ecke
ㄝㄎㄜ

Hilfe
ㄏㄧㄌㄈㄜ

Ehe
ㄝㄜ

Gute
ㄍㄨㄊㄜ

Nein
ㄋㄞㄧㄅ

Welt
ㄈㄝㄌㄊ

sehen
ㄙㄝㄅ

er
ㄝㄜ

Ff

Fuß
ㄈㄨㄥ

Fokus
ㄈㄛㄎㄨㄥ

fallen
ㄈㄚㄌㄣ

auf
ㄠㄨㄈ

Fach
ㄈㄚㄏ

Sofie
ㄙㄛㄈㄧ

Film
ㄈㄧㄌ(ㄇ)

Freitag
ㄈㄏㄞㄧㄊㄚㄎ

fahren
ㄈㄚㄏㄣ

Gg

Golf
ㄍㄛㄌㄈ

Geld
ㄍㄝㄌㄉ

Schlag
ㄒㄩㄌㄚㄎ

Sonntag
ㄙㄨㄥ ㄊㄚㄎ

Gold
ㄍㄛㄌㄉ

Flug
ㄈㄌㄨㄎ

Junge
ㄧㄨㄥㄜ

gehen
ㄍㄝㄣ

Weg
ㄈㄝㄎ

Hh

Haus
ㄏㄠㄨㄥ

gehen
ㄍㄝㄣ

Mehl
ㄇㄝㄌ

heilig
ㄏㄞㄧ ㄌㄧ ㄒㄧ

Kuh
ㄎㄨ

ihr
ㄧㄜ

Hallo
ㄏㄚ ㄌㄛ

Wohl
ㄈㄛㄌ

Hoffnung
ㄏㄛㄈ ㄌㄨㄥ

Ii

nicht
ㄋㄧㄒㄧㄊ

sein
ㄙㄞㄧㄣ

Emil
ㄝㄇㄧㄌ

in
ㄧㄣ

mit
ㄇㄧㄊ

hier
ㄏㄧㄜ

wir
ㄈㄧㄜ

gibt
ㄍㄧㄣㄊ

eins
ㄞㄧㄣㄙ

Kino
ㄎㄧ ㄋㄛ

Ärztin
ㄝㄜㄘㄊㄧㄣ

einmal
ㄞㄧㄣㄇㄚㄌ

Jj

Johanna
ㄧㄛㄏㄢㄋㄚ

Jade
ㄧㄚㄌㄜ

Jahr
ㄧㄚ(ㄜ)

jedoch
ㄧㄝㄌㄛㄏ

jagen
ㄧㄚㄍㄣ

jetzt
ㄧㄝㄘㄊ

jung
ㄧㄨㄥ

Jude
ㄧㄩㄨㄌㄜ

Januar
ㄧㄚㄋㄨㄚ

Kk

Kopf
ㄎㄛㄆㄈ

Onkel
ㄛㄥㄎㄜㄌ

Wolke
ㄈㄛㄌㄎㄜ

Geschenk
ㄍㄜㄒㄩㄝㄣㄎ

Akte
ㄚㄎㄊㄜ

Kaffee
ㄎㄚㄈㄝ

Heck
ㄏㄝㄎ

Dank
ㄌㄤㄎ

Balkon
ㄅㄚㄌㄎㄨㄥ

Ll

Schloß
ㄒㄩㄉㄛˋㄙ

Esel
ㄝㄙㄜㄉ

Kapital
ㄎㄚㄆㄧㄊㄚㄉ

loben
ㄉㄛㄅㄣ

Liste
ㄉㄧㄙㄊㄜ

selbst
ㄙㄝㄉㄅㄙㄊ

Bildung
ㄅㄧㄉㄉㄨㄥ

laut
ㄉㄠㄨㄊ

Leib
ㄉㄞㄧㄅ

Mm

Bremen
ㄅㄏㄝㄇㄣ

Monika
ㄇㄛㄋㄧㄎㄚ

Mutter
ㄇㄨㄊㄜ

mein
ㄇㄞㄧㄣ

Motor
ㄇㄛㄊㄛ

Blume
ㄅㄉㄨㄇㄜ

September
ㄙㄝㄆㄊㄝㄣ(ㄇ)ㄅㄜ

Moment
ㄇㄛㄇㄝㄣㄊ

damit
ㄉㄚㄇㄧㄊ

Nn

Berlin
ㄅㄝㄜㄉㄧㄣ

Ballon
ㄅㄚㄉㄨㄥ

Ukraine
ㄨㄎㄏㄚㄧㄋㄜ

Kondor
ㄎㄛㄣㄉㄛ

Mine
ㄇㄧㄋㄜ

Bonn
ㄅㄥ

Anita
ㄚㄋㄧㄊㄚ

geben
ㄍㄝㄅㄣ

nein
ㄋㄞㄧㄣ

Oo

kommen
ㄎㄛㄇㄣ

Lob
ㄌㄛㄅ

Slowakei
ㄙㄌㄛㄈㄚㄎㄞ

Vorname
ㄈㄛㄋㄚㄇㄜ

Polle
ㄆㄛㄌㄜ

noch
ㄋㄛㄏ

Post
ㄆㄛㄙㄊ

Zone
ㄘㄛㄋㄜ

Gold
ㄍㄛㄌㄊ

Pp

Politik
ㄆㄛㄌㄧㄊㄧㄎ

Polizei
ㄆㄛㄌㄧㄘㄞㄧㄊ

Lampe
ㄌㄤ(ㄇ)ㄆㄜ

Leopard
ㄌㄝㄛㄆㄚㄜㄊ

Lappen
ㄌㄚㄆㄣ

Pol
ㄆㄛㄌ

Pfiff
ㄆㄈㄧㄈ

Phase
ㄈㄚㄙㄜ

Mappe
ㄇㄚㄆㄜ

Qq

Quatsch
ㄎㄈㄚㄑㄩ

Quant
ㄎㄈㄤㄊ

quer
ㄎㄈㄝㄜ

Quere
ㄎㄈㄝㄏㄜ

quick
ㄎㄈㄧㄎ

Quiz
ㄎㄈㄧㄘ

Quote
ㄎㄈㄛㄊㄜ

Quitte
ㄎㄈㄧㄊㄜ

Quappe
ㄎㄈㄚㄆㄜ

Rr

Risiko
ㄏ一ㄙ一ㄎㄛ

Rede
ㄏㄝㄉㄜ

Radio
ㄏㄚㄉㄧㄛ

trinken
ㄊㄏ一ㄣㄎㄣ

Ecker
ㄝㄎㄜ

Gorilla
ㄍㄛㄏ一ㄌㄚ

Jurist
一ㄩㄨㄏ一ㄙㄊ

Muster
ㄇㄨㄙㄊㄜ

Kardinal
ㄎㄚㄉㄧㄋㄚㄌ

Ss

springen
ㄕㄆㄏ一ㄣㄣ

Seismik
ㄙㄞㄙㄇ一ㄎ

Stehlung
ㄕㄉㄝㄌㄨㄥ

Dentist
ㄉㄝㄣㄊㄧㄙㄊ

absaugen
ㄚㄅㄙㄠㄨㄍㄣ

bestehlen
ㄅㄜㄕㄉㄝㄌㄣ

seit
ㄙㄞㄊ

Plast
ㄆㄌㄚㄙㄊ

Spitze
ㄕㄅ一ㄘㄜ

Tt

Nation
ㄋㄚ ㄘㄧ ㄩㄥˋ

kalt
ㄎㄚㄌㄊ

lichtblau
ㄌ一ㄒ一ㄊㄅㄌㄠㄨ

Mittwoch
ㄇ一ㄊㄈㄛㄛㄏ

mitklingen
ㄇ一ㄊㄎㄉㄧㄥㄣ

Theke
ㄊㄝㄎㄜ

Inhalt
一ㄣㄏㄚㄌㄊ

Gewitter
ㄍㄜㄈ一ㄊㄜ

verwandt
ㄈㄝㄜㄈㄤㄊ

Uu

Umgang ㄨㄣㄍㄤ	**Fussel** ㄈㄨㄙㄜㄌ	**Statut** ㄗㄌㄚㄊㄨㄊ
tuscheln ㄊㄨㄒㄩㄜㄌㄣ	**undeutlich** ㄨㄣ ㄉㄛㄧㄊ ㄌㄧ一ㄒㄧ	**suchen** ㄙㄨㄏㄣ
neu ㄋㄛㄧ	**Erkundung** ㄝㄜㄎㄨㄣㄉㄨㄥ	**Rettung** ㄏㄝㄊㄨㄥ

Vv

Vieh ㄈ一	**bevor** ㄅㄜㄈㄛ	**Ovulation** ㄛㄈㄨㄌㄚㄘ一ㄩㄥˋ
Verkehr ㄈㄝㄜㄎㄝㄜ	**Villa** ㄈ一ㄌㄚ	**Vorsatz** ㄈㄛㄜㄙㄚㄘ
Aviatik ㄚㄈ一ㄚㄊ一ㄎ	**Pavillon** ㄆㄚㄈ一ㄌㄨㄥ	**Kavalier** ㄎㄚㄈㄚㄌ一ㄝ

Ww

Wahl ㄈㄚㄌ	**Vorwand** ㄈㄛㄈㄤㄊ	**Weisel** ㄈㄞ一ㄙㄜㄌ
Wein ㄈㄞ一ㄣ	**Lawine** ㄌㄚㄈ一ㄋㄜ	**geschwind** ㄍㄜㄒㄩㄈ一ㄣㄊ
Wetter ㄈㄝㄊㄜ	**wissen** ㄈ一ㄙㄣ	**Witz** ㄈ一ㄘ

Xx

Haxe ㄏㄚㄎㄙㄜ	**Xanten** ㄎㄙㄤㄊㄣ	**Xantia** ㄎㄙㄤㄘㄧㄚ
Xoanon ㄎㄙㄛㄚㄋㄨㄥ	**T-Rex** ㄊㄝ ㄏㄝㄎㄙ	**Max** ㄇㄚㄎㄙ
Box ㄅㄛㄎㄙ	**Axion** ㄚㄎㄙㄧㄛㄥ	**Axt** ㄚㄎㄙㄊ

Yy

Hobby ㄏㄛㄅㄧ	**Gymnastik** ㄍㄩㄣ(ㄇ)ㄋㄚㄙㄊㄧㄎ	**Symbol** ㄙㄩㄣ(ㄇ)ㄅㄛㄌ
Hypnose ㄏㄩㄆㄋㄛㄙㄜ	**Curry** ㄎㄨㄌㄧ	**System** ㄙㄩㄙㄊㄣ(ㄇ)
Olympiade ㄛㄌㄩ(ㄇ)ㄆㄧㄚㄉㄜ	**Hypothese** ㄏㄩㄆㄛㄊㄝㄙㄜ	**Yabber** ㄧㄚㄅㄜ

Zz

Zimmer ㄘㄧㄇㄜ	**Dezember** ㄉㄧㄘㄝㄣㄅㄜ	**zwanzig** ㄘㄈㄤㄘㄧㄒㄧ
Ziege ㄘㄧㄍㄜ	**Konstanz** ㄎㄨㄥㄙㄊㄢㄘ	**hetzen** ㄏㄝㄘㄣ
Kanziel ㄎㄤㄘㄧㄌ	**Neuzeit** ㄋㄛㄧㄘㄞㄧㄊ	**ganz** ㄍㄤㄘ

ß

Fuß
ㄈㄨㄙ

Buße
ㄅㄨㄙㄜ

Maße
ㄇㄚㄙㄜ

außen
ㄠㄨㄙㄣ

reißen
ㄏㄞㄧㄙㄣ

Straße
ㄗㄊㄏㄚㄙㄜ

Neiße
ㄋㄞㄧㄙㄜ

Preuß
ㄆㄏㄛㄙ

Roßlau
ㄏㄛㄙㄉㄠㄨ

Ää

mäßig
ㄇㄝㄙㄨㄧ

Bäume
ㄅㄛㄧㄇㄜ

Räude
ㄏㄛㄧㄉㄜ

lächeln
ㄌㄝㄒㄧㄢ

spät
ㄕㄅㄝㄊ

Äthiopien
ㄝㄊㄧㄛㄆㄧㄝㄣ

Sätze
ㄙㄝㄘㄜ

äffen
ㄝㄈㄣ

Mädchen
ㄇㄝㄉㄒㄧㄢ

Öö

fröhlich
ㄈㄎ(ㄩ)ㄌㄧㄒㄧ

Ökonomie
(ㄩ)ㄎㄛㄉㄛㄇㄧ

blöd
ㄅㄎ(ㄩ)ㄉ

mögen
ㄇ(ㄩ)ㄍㄣ

Föhlichkeit
ㄈ(ㄩ)ㄌㄧㄒㄧㄎㄞㄊ

völlig
ㄈ(ㄩ)ㄌㄧㄒㄧ

Wölbung
ㄈ(ㄩ)ㄌㄅㄥ

gönnen
ㄍ(ㄩ)ㄋㄣ

förmlich
ㄈ(ㄩ)ㄋ(ㄇ)ㄌㄧㄒㄧ

Üü

dünn
ㄉㄩㄣ

Zündung
ㄘㄩㄣㄉㄨㄥ

süß
ㄗㄩㄙ

stützen
ㄗㄉㄩㄘㄣ

Würde
ㄈㄩㄜㄉㄜ

wüten
ㄈㄩㄊㄣ

übel
ㄩㄅㄜㄉ

anbrühen
ㄤ ㄅㄏㄩㄣ

Mühle
ㄇㄩㄉㄜ

Notiz ....

加入晨星

即享『 50元 購書優惠券 』

回函範例

您的姓名： 晨小星

您購買的書是： 貓戰士

性別： ●男 ○女 ○其他

生日： 1990/1/25

E-Mail： ilovebooks@morning.com.tw

電話／手機： 09××-×××-×××

聯絡地址： 台中　市　　西屯　區

工業區30路1號

您喜歡：●文學/小說　●社科/史哲　●設計/生活雜藝　○財經/商管

（可複選）●心理/勵志　○宗教/命理　○科普　　○自然　●寵物

心得分享： 我非常欣賞主角…

本書帶給我的…

"誠摯期待與您在下一本書相遇，讓我們一起在閱讀中尋找樂趣吧！"

國家圖書館出版品預行編目（CIP）資料

德語30音完全自學手冊/許曉娟 Alexandra Hsu著. -- 初
版. -- 臺中市：晨星出版有限公司, 2023.04
　　176面 ;16.5 × 22.5公分. -- (語言學習 ; 31)
ISBN 978-626-320-391-4(平裝)

1.CST: 德語 2.CST: 發音

805.241　　　　　　　　　　　　　　　112001098

語言學習 31
德語30音完全自學手冊

作者	許曉娟 Alexandra Hsu
編輯	余順琪
校對	陳馨
錄音	魯德葳 Barbara Ludwig-Chen
封面設計	耶麗米工作室
美術編輯	陳佩幸

創辦人	陳銘民
發行所	晨星出版有限公司
	407台中市西屯區工業30路1號1樓
	TEL：04-23595820　FAX：04-23550581
	E-mail：service-taipei@morningstar.com.tw
	http://star.morningstar.com.tw
	行政院新聞局局版台業字第2500號
法律顧問	陳思成律師
初版	西元2023年04月15日

讀者服務專線	TEL：02-23672044／04-23595819#212
讀者傳真專線	FAX：02-23635741／04-23595493
讀者專用信箱	service@morningstar.com.tw
網路書店	http://www.morningstar.com.tw
郵政劃撥	15060393（知己圖書股份有限公司）

印刷	上好印刷股份有限公司

定價 280 元
（如書籍有缺頁或破損，請寄回更換）
ISBN：978-626-320-391-4

49、77、79、83、103、115、121、131、
137、139頁圖片爲作者提供
其餘圖片來源：shutterstock.com

Published by Morning Star Publishing Inc.
Printed in Taiwan
All rights reserved.
版權所有‧翻印必究